こがらし輪音

さよなら、
無慈悲な僕の女王。

実業之日本社

実業之日本社文庫

これは僕が、「正しい選択」をするまでの物語。

目次

序章　オンリーワンのジレンマ

病院裏手の人気《ひとけ》のない花壇には、いくつもの首のない植物が並んでいた。植えられている植物の花柄から先が、揃《そろ》いも揃ってすっぱり切り落とされているのだ。無個性な緑の茎ばかりが一様に屹立《きつりつ》している光景に、僕は学校集会で整列する生徒たちを連想してしまう。人間に当て嵌《は》めるのは不適当だと分かっているけど、正直あまり快いものではない。

一見すると悍《おぞ》ましいその光景を生み出した張本人は、心から慈しむように無個性の植物たちを眺めている。彼女はきっと、彼らの首を切り落とした後でも、どれがどの花なのか一目で見分けが付けられるのだろう。

僕が何となしに一昔前に流行《はや》った音楽についての私見を述べると、彼女は言った。

「私もあの曲には、あまりいい思い出がないな」

気《け》だるげに出されたその答えを、僕は意外に思う。

「そうなんですね、てっきりカラオケの十八番入りするくらいにはお気に入りの曲なのかと」

「別に歌詞やアーティストに不満があるわけじゃないんだ。名曲って言われる所以《ゆえん》も理解はできる。ただ、君も小学生くらいの頃、ことあるごとに歌わされる曲ってのがあっただろう？　国歌とか校歌とか合唱曲とか。私にとってはその曲が該当してね。私は他人に選択肢を強制されるのが嫌いなんだ。たとえ大好きな曲であろうと、毎日のように歌わされていれば飽きるし、それが過ぎれば嫌悪感も抱く」

整列する首なしの植物の前に立つ彼女は、まるで彼らを従える女王に見えた。

彼女が抱えている奇病のことを思えば、それはあながち的外れな表現というわけでもないのかもしれない。

彼らを凜然《りんぜん》と見下ろしながら、女王様は嘆くように呟《つぶや》いた。

「ナンバーワンよりオンリーワンが大好きな大人たちが、子供に同じ曲ばかり歌わせたがって憚《はばか》らないんだから、なかなかどうして音楽が世界を変える日は遠いよ」

無個性の花々が控える場において、その皮肉はより痛烈に感じられる。

どんな歌詞より、偉人の金言より、その言葉に僕は共感した。

それなのに、僕と彼女は、決して交わらない一線で画されている。

「それでもあなたは、善意が人生を豊かにすると言うんですよね」

若干の意地悪さを込めて言うと、彼女はこの上なく爽やかな笑顔で答えた。

「ああ、もちろんさ。いずれ君の目の前に広がる晴れ晴れしい未来が、私には手に取るように見えるよ」

僕の善意を心から信じるような彼女を直視できず、つい目を伏せてしまう。

晴れ晴れしい未来なんて、僕には必要ない。

晴れやかだろうが暗雲立ち込めようが、人はいずれ死ぬ。誰にも迷惑をかけず楽に死ぬ方法があるなら、今すぐ死んだって構わない。人生なんてのは畢竟《ひっきょう》、死ぬまで如何《いか》に苦しまずに過ごせるかでしかないのだから。

どうして僕の体《からだ》は、僕だけのものなんだろう。

命が植え替えできるなら、僕は喜んで自分の植木鉢をあなたに差し出したのに。

第一章　怪物たち

頭《こうべ》を垂れる僕は、すっかり意気消沈していた。

病院特有の磨き抜かれたクリーム色の廊下が、土と陶器の破片で汚らしくまみれ、その中心に赤い花が横たわっている。枯れたわけではないけど、何となく殺人事件を想起させるような有り様だ。

殺人云々《うんぬん》はもちろん比喩に過ぎないけれど、事件現場であることには間違いない。土汚れの先には、四十代ほどのサラリーマン然としたスーツ姿の男性が立ち、彼の革靴とスラックスに汚れの一部が引っかかってしまっていた。

配達注文の植木鉢を僕が落としたせいだ。当然、彼の表情は穏やかならざるもので、低く轟《とどろ》く声でこちらを威圧してくる。

「君さぁ、どういうつもり？」

もう何度目かになる問いかけだが、口答えする権利は僕にない。

エプロンの前で丁寧に両手を重ね、研修で教わった通りに頭を下げ続ける。

「……大変申し訳ありませんでした、クリーニング代は必ずお支払いを——」

「あのなぁ、金の問題じゃないんだよ！」

僕の言葉を遮り、サラリーマンは忌々しげに吼《ほ》えた。

病棟に静寂が伝播《でんぱ》し、頭を下げたままでも注目を集めているのが分かる。割り込むべきか否か量りかねている大人に交じり、目の端に泣き出しそうな患者の男の子が映り、僕は惨めな気持ちで視線を背ける。

サラリーマンは僕に詰め寄り、頭上から容赦なく罵声を浴びせてくる。

「クリーニング代を払うなんて当たり前だろ！　俺の貴重な時間が、君のせいで奪われようとしてるって言ってんの！」

「……申し訳ありません」

時間がもったいないなら早く帰ればいいのに、なんて反論はもちろんせず、僕は頭を下げたまま謝罪の弁を繰り返す。僕を糾弾するのに忙しい彼は、土を踏みまくっているせいで余計に革靴が汚れていることにも気付いていない様子だ。

サラリーマンは足元の陶器を指差し、口角泡を飛ばして怒鳴る。

「大体何だ！　病院に鉢植えの花を持ってくるなんて、非常識にも程があるだろ！　マナー違反だってことも知らないのか？　一体どんな教育をしてやがるんだ、その店は！　後でしっかり連絡させてもらうからな、おい、電話番号は——」

「騒々しいなぁ、一体何の騒ぎだい？」

殺伐とした空間に一石を投じたのは、そんな飄々《ひょうひょう》とした声だった。

決して張り上げるようなそれではなかったが、その声は水面に落とした波紋のように僕たちの耳に届いた。顔を上げると、僕の背後から野次馬の間を縫い、何者かがこちらに歩み寄ってきている。

勝気な印象を抱かされる、ショートカットの髪と切れ長の瞳の若い女性だった。灰色のジャケットを羽織り黒いジーンズを穿《は》いた姿は、やり手のキャリアウーマンを想像させるが、彼女の左手首には患者認識用のリストバンドが付けられている。この病棟に入院している患者だろう。

空調の効いた病院内であるにもかかわらず、彼女はなぜか薄手の黒手袋をはめていた。患者と呼ぶには似つかわしくないその容姿と振る舞いに、僕を含めた全員の注目が集まる。当の彼女は、自分への視線を歯牙にもかけていない様子で、その堂々とした佇《たたず》まいがミステリアスな雰囲気を一層醸し出している。

バイト先の花屋の店名が印字された僕のエプロンを見ると、女性は大仰な仕草で顎に指を当てた。

「おや、君はもしかして、私の花を届けに来てくれたお店の人かな？　……そしてこれは、なるほど……」

そして、その視線が、次第に足元の土溜《だ》まりへと移る。

注文主の女性を前に、僕は改めて深々と頭を下げた。

「も、申し訳ございません！　お届け物のお花をうっかり落としてしまって……」

「そうだ！　お前が適当な仕事をしたせいで、みんなとんだ迷惑を被ってるんだ！　分かっているのか！」

途端、サラリーマンは無遠慮に僕を指差し、大声で糾弾した。まるで彼女の言葉を受けて、僕を非難する大義名分を得たとでも言いたげに。

女性は呆《あき》れた様子で溜息《ためいき》を吐《つ》き、鬱陶しそうに片手を振った。

「全く、迷惑なことだな。花を落としたことは気にしなくていいから、もう帰ってくれないか」

「……はい。それでは、こちらが僕のお店の連絡先ですので……」

口をついて出そうな言葉を全て噛《か》み殺し、僕はエプロンのポケットからショップカードを取り出した。売り物を台無しにした挙句にクリーニング代まで支払う羽目になるなんて、目も当てられない失態だ。せめて給料から差っ引かれる程度で済んでくれればいいのだが。

差し出したショップカードが手元から消えた理由を、僕はてっきりサラリーマンが引っ摑《つか》んだせいだと思っていた。

僕とサラリーマンの間には、いつの間にか花の注文主の女性が立っており、その指には僕が渡そうとしたカードが挟まれている。

ショップカードを取り上げられた理由を推察する間もなく、女性は背後のサラリーマンを顧みて一言。

「勘違いするな、私が『迷惑だから帰れ』と言ったのは、そちらの男にだよ」

一瞬、僕もサラリーマンも周囲の野次馬も、彼女が何を言っているか分かっていない様子だった。

一拍遅れ、サラリーマンの眉間に露骨に皺《しわ》が寄る。

「……あぁ？　お前、何言って……」

怒りが爆発する危険な兆候に、僕は身震いした。これ以上はまずい。彼女の意図は判然としないが、一刻も早く僕が頭を下げて丸く収めなくては。

しかし、僕がふたりの間に割って入るより早く、彼女はまたしても不可解な行動に出た。

懐から取り出した何かを、これ見よがしに投げつけて堂々と言い放つ。

「それだけあれば、クリーニング代には事欠かないだろう。拾ってさっさと帰れ。ここは病院だ、騒ぐと患者の治療に障る」

彼女の手元を離れて舞ったそれは、福沢諭吉が印刷された紙幣だった。まるで紙屑《かみくず》でも捨てるかのように一万円札をよこされたサラリーマンは、拾おうともせず呆然《ぼうぜん》自失と佇むばかり。そんな彼の代わりに、彼女は膝を曲げて床に手を伸ばす。

その手が持っていたものは紙幣ではなく、僕が配達する予定だった植木鉢の花。拠《よ》り所《どころ》の鉢を失ったためか、真紅の花弁は心なしかぐったりと頭を垂れているようにも見える。

そんな一輪を彼女は徐《おもむろ》に口元へと運び――

「病院に鉢植えを持ってくるのが、何だって？」

開けた口の中に花弁を突っ込み、一思いに食い千切った。

彼女を除いた全ての人々が愕然《がくぜん》とした。ざわめきが広がり、小さく悲鳴を上げている者さえいる。

花を食べた。どう見ても観賞用の花を、まるでスルメでも食べるかの如《ごと》く。

花を咀嚼《そしゃく》し、ゴクリと飲み込んだ彼女を前にしたサラリーマンは、まるで得体の知れない怪物にでも出くわしたかのようだ。

「く……くっ……！」

口元を戦慄《わなな》かせて声にならない声を上げた後、サラリーマンは屈《かが》んで紙幣を掠《かす》め取り、肩を怒らせて立ち去って行った。

「狂ってる！　全くどうなっているんだ、この病院は！」

嵐の後のような静けさの中、清掃員が道具を持ってやってきたため、野次馬は三々五々散っていった。もう何度目かになる謝罪の弁を述べ、僕は改めて注文主の女性に向き直る。

「あ、あの、すみま……いえ、ありがとうございました。かばって頂いて……」

「なに、騒がしかったから手っ取り早い方法でお帰り頂いただけだ。君が気に病むことじゃない」

女性は軽く片手を振り、何気ない調子で答えた。まるで一仕事終えたかのような清々《すがすが》しい表情には敬服するしかない。

清掃員が土や花や砕けた陶器を片付けていくのを尻目に、僕は縮こまって続ける。

「お花は新しいものをすぐに用意します。それに、あの方に渡されたクリーニング代も……ええと、当店の規定内であれば……」

しかし、言葉半ばで女性は首を横に振り、僕の台詞《せりふ》を遮った。

「いや、私が勝手にやったことだから、それはもういいんだ。あの喧《やかま》しい声を聞かなくて済むなら安い。代わりと言っては何だが、少し私の病室で話をしないか？」

彼女の提案を拒否する権限なんて、今の僕にあろうはずもなかった。


病棟の奥まった所にある個室が、注文主の女性——園生《そのお》さんが入院している病室なのだが、その中を見た僕は思わず足を止めてしまった。

そこは病室というより、もはや自室と言っても差し支えないほど物で溢《あふ》れた空間だった。広さはそれほどでもないが、壁際には立派な本棚がふたつも並び、所狭しと本が詰まっている。テレビ付き床頭台の代わりにワークデスクとアーロンチェア、ノートパソコンが一式備えられており、いずれも上等そうな代物ばかりだ。デスクの下にはワンドアの小型冷蔵庫まで完備の至れり尽くせりときている。

それだけで充分場所を取っているのに、それらの合間を縫うようにして、さらに幾つかの観葉植物が置かれている。種類はチューリップにベゴニアにハイビスカス……新米の僕にはそれくらいしか分からないが、あろうことか全て植木鉢で育てられているのだから驚きだ。

病院が用意したVIP病室、というわけではないだろう。あのサラリーマンに言われるまでもなく、植木鉢が入院患者へのタブーであることは知っている。つまりこの植物たちは病院側ではなく、部屋主の女性が揃えた私物であり、であれば他の家具や本棚についても恐らくは然《しか》り。

まるで彼女の破天荒さを表すような常識外れの病室だが、私物は秩序立てた整理がなされており、散らかっているようには感じられなかった。当の彼女はケトルのスイッチを入れ、インスタントコーヒーの袋をこちらに掲げてみせる。

「飲み物はコーヒーでいいかい？　一応ティーバッグの紅茶もあるが」

「あ、はい、コーヒーで大丈夫なんですけど」

先ほどの一幕が忘れられない僕は、念のため目を凝らしてコーヒーの袋を確認したが、ちゃんとした有名メーカーの商品だった。

彼女の胃袋に消えた花を思い、僕は恐々《こわごわ》と尋ねる。

「その、お花なんか食べて大丈夫なんですか？」

「まぁ、お世辞にも美味とは言いがたいが、毒にはならないよ。ガーベラの花弁を食べたくらいで人が死ぬなら、今ごろ世界中のヤクザの事務所ではガーベラが咲き誇っているだろうさ」

　皮肉めいたその台詞に、僕は何とも言えない気分にさせられてしまう。

「何ていうか……あの啖呵《たんか》の切り方といい、すごい度胸ですね」

「特別なことじゃない。話が通じない奴《やつ》を黙らせるには、話が通じない奴を装うのが一番ってだけだよ」

　言葉遊びのように答えると、彼女は沸いた湯でコーヒーを淹《い》れ、湯気の立ち上るマグカップを僕に差し出してきた。

「どうぞ、お口に合うといいが」

「すみません、いただきます」

　勧められるまま丸椅子に腰かけ、僕はコーヒーを一口する。

　途端、鼻を抜ける苦い香りに顔を顰《しか》めてしまい、それを見た彼女がおかしそうに含み笑いした。

「ふふっ、無理せずミルクと砂糖を入れてもいいんだぞ、少年。……そういえば、君の名前を聞いてなかったな」

「有坂《ありさか》羽斗《はと》っていいます。高校生です」

「羽斗？　なるほどハトくんか、かわいくていい名前だな。ちぎれるパンあるけど食べるか?」

——何か僕、さっきからこの人にからかわれてない?

恐らく年長者である彼女からすれば自然な扱いなのかもしれないが、釈然とするかどうかは別だ。

早く帰りたい一心でコーヒーを無心にすする僕を、ベッドに腰かける彼女は興味深そうに観察してくる。何というか、すごく落ち着かない。

熱々のコーヒーを半分ほど飲み干したところで、彼女は唐突に口火を切った。

「ところで羽斗くん。君はなぜあの時、本当のことを言わなかったんだ?」

「え?」

何のことだか分からず狼狽《ろうばい》する僕に、彼女は背後のドアを親指で差し示す。

「植木鉢を落とした時のことだよ。あれ、本当は廊下を走っていた子供にぶつかられて、その衝撃で落としてしまったんだろう?」

そしてベッドの上で堂々と足を組み、真剣な表情で僕の目を見据える。まるで、僕の心を見透かそうとしているかのように。

「植木鉢の土は、私の病室の方向と反対側に飛び散っていた。不注意で真下に落としただけなら、君の体に遮られてそんな風にはならないはずだ。それに、あの騒動の野次馬の中には、やけに泣き出しそうな表情の少年がいた。険悪な雰囲気に当てられただけにしては不自然だ、その場を退散すればいいだけの話なんだから。君の傍《そば》を走って擦れ違おうとした男の子が、君の腕に接触し、その勢いで背中側に取り落として、背後にいたサラリーマンに土をひっかけてしまった……大方、そんなところじゃないのかな？」

「……すごい観察力ですね。その通りです」

僕は手放しにその推理を賞賛した。随分変わった人だと思っていたが、なかなか頭も回るらしい。

彼女は僕の賛辞にニコリともせず、繰り返し問う。

「私が知りたいのはその先だよ。なぜ、彼の一件を引き合いに出さなかった？」

まっすぐな視線が妙に重く感じられ、僕はさり気なく目を背ける。

「……そういう細かいところを説明したところで、あの人は聞く耳を持たなかったでしょうから」

口から出たのは、無味乾燥な諦観の言葉だった。

マグカップをデスクに置き、僕は鬱屈した気持ちで首を振る。

「もし僕が単なる見舞客だったら、あの人はあんな風に怒り散らしたりしなかったと思います。だけど僕が花屋の店員だと分かった瞬間、あの人にとって僕は『攻撃していい奴』でしかなくなったんです。ぐだぐだと事情を説明したところで、『子供のせいにするな』とか『仕事の言い訳をするな』とか、そういう正論で責められておしまいですよ」

植木鉢を落とした直後、あのサラリーマンは『大したことじゃないですよ』と人のいい笑顔を浮かべていた。しかし僕のエプロンを見るや、彼は即座に修羅の形相に変貌した。初対面でこそあったものの、彼の表情の切り替わりは何度も見てきたものだったからすぐに察した。『あぁ、これもう何言ってもダメなやつだ』と。

上目遣いに僕のことを観察していた彼女は、ややあって口を開く。

「ふぅん、なるほどねぇ。言ってもどうせ意味がない……まぁ、確かに一理あると言えばある、が」

たっぷりと勿体《もったい》をつけてから、端的に一言。

「あまり気に入らないな、そういう考え方は」

「気に入らない、ですか？」

初対面の人間からここまではっきりと異論を述べられたことに、僕は苛立《いらだ》ちよりも驚きの感情を抱いていた。

鸚鵡《おうむ》返しに訊《き》き返した僕に、彼女は両手の指を組んで応じる。

「うん。例えば、君があの男の子をかばおうとして事情を伏せたとか、そんな理由であれば感心できたものだったんだがな。君は『話しても無駄だ』と、後ろ向きな理由で無言に徹する道を選んだ。そういう動機に基づいた選択は、上手《うま》く言えないんだが、先があるように感じられない」

いまひとつ要領を得ない答え方に、僕は純粋な疑問から尋ねる。

「同じ行動なのに、動機が違ったら何かが変わるんですか？」

「変わるとも、当然じゃないか」

「じゃあ具体的に何がどう変わるんですか？」

「人生が豊かになる」

彼女は臆面もなく、はっきりと断じた。

判で捺《お》したようなその答えに、僕は内心で溜息を吐いた。結局そういう通り一遍の道徳を説きたいだけか。

「人生を豊かにするのは〝善行〟です。〝善意〟ではありませんよ」

意趣返しよろしく僕が反論すると、彼女は顎に指を当て、しげしげと僕を眺めてくる。

「君、よく捻《ひね》くれ者だって言われないかい？」

「言われないですね。そんなこと言ってくれる友達いないので」

若干の敵意さえ込めたはずの僕の言葉に、しかし彼女は手を叩《たた》いて破顔した。

「ふははっ！　なるほどなるほど、君はなかなか面白い人間だな」

「どこをどう見てそう思ったんですか……」

この人の笑いのツボがよく分からない。やっぱり暇潰しにからかわれているだけなんじゃないか？

不可解な気持ちがよほど僕の顔に出てしまっていたのか、彼女は咳払《せきばら》いして表情を切り替えた。

「まあまあ、聞きたまえ、平和の象徴ハト少年よ」

そんな前置きをしてから、噛んで含めるように僕に言い聞かせてくる。

「善意は必ずしも人を救わない――確かにその通りだ。だけどね、『どうせ無駄だ』という後ろ向きな気持ちで真実を押し殺してしまうのは、君の人生を著しく毒することなんだよ。生花を食べることなんかよりもよっぽどな。そういう生き方を続けていると、だんだん真実と虚実が曖昧になる。何ができて何ができないか分からなくなっていく。『こんなはずじゃなかったのに何で俺ばっかり』というやり場のない怒りが内側に溜まっていく。そして最終的に、君が先ほど遭遇したような癇癪《かんしゃく》持ちの大人に成長してしまうのさ。翻って君はああいう大人になりたいと思うかい？」

あのサラリーマンの周囲を顧みない振る舞いを思い出し、僕は素直に応える。

「……まぁ、強《し》いてなりたいとは思えないですが」

「だろうね。そういう人間は、平気で他人を傷つけてしまう。真実に聞く耳を持とうとせず、自分の論理をゴリ押ししようとする。これまで自分が受けた痛みを返そうと、立場を利用して傍若無人に振る舞おうとする。やがてその振る舞いの報いを受けて、自分のことを棚に上げた倍返しに邁進《まいしん》して、そこから先は泥沼さ。前途ある若者の君がそういう大人になることを、私は望まない」

その言葉は不思議と真に迫った、説得力を感じさせられるものだった。

将来のことはあまり考えたことはなかったし、僕があのサラリーマンのような大人になる姿も想像しにくいものがあるが、案外時が経《た》てばすっかり彼と同類になってしまっているのかもしれない。モンスタークレーマーになりたくてなる奴なんていない。生きている内にそういう人格が段々と構成されただけで、僕がそちら側の人間でない保証なんてどこにもない。

ただ……いや、だからこそ彼女の発言を無条件に肯定できるものでもない。正論ひとつで生き方が変えられるなら誰も苦労しないのだから。

「じゃあ、僕にどうしろっていうんですか」

半ば投げやりな僕の問いかけに対し、彼女は顎に指を当てて思案した後、パチンと指を鳴らした。

「そうだな……よし、こうしよう。ひとつ、私とゲームをしないか？」

「ゲーム？」

「ああ、『二十の質問』というクイズゲームを知っているかい？　私はお題とその正解を用意し、君はイエス・ノーで答えられる質問を最大二十回繰り返す。二十回以内の質問で正解を当てられたら君の勝ち、というシンプルなルールだ」

いわゆるアキネイターのようなものだろうか。何となく聞いたことだけならある気がするが、僕が聞きたいのはゲームのルール説明なんかではない。

「それに僕が参加する意義は何ですか？」

「君に真実を追求する気概と、正しい選択をするための能力を養ってもらうためだよ。もっと分かりやすいメリットが欲しいというなら、こんなのはどうだい？」

言いながらデスク上の財布から一枚の紙幣を抜き取り、僕に差し出した。

例によっての一万円札、彼女の金遣いの荒さにこちらが心配になってしまう。

「君が落とした花の代金だ。余った分はチップとして懐に入れていい。不慮の事故とはいえ、このまま手ぶらで帰ったり、例の子供に賠償請求したりするのも考え物だろう」

「それは、まぁ……確かに」

一万円を受け取った僕は、ポーチからお釣りの紙幣を取り出してデスクに置いた。花の代金を貰《もら》えるのはありがたいが、流石《さすが》にこちらのミスで八千円ものチップを受け取る図太さは僕にはない。

ただ、そのありがたみの代償として、僕は本格的に彼女の誘いを断れなくなってしまったわけだ。それはギブアンドテイクとして受け入れるにしても、分からないことは他にもある。

「逆にあなたがこのゲームをするメリットは何なんですか？」

「何でもかんでも意味やメリットを見出《みいだ》そうとするのは悪い癖だぜ、羽斗くん。君くらいの年頃の男の子は、私のような見目麗しい大人のお姉さんとふたりきりになれる喜びを、素直に嚙み締めればいいのだよ」

鼻につく抑揚たっぷりの言い草に、僕は白けた気持ちで一言。

「要するに暇なんですか？」

「ふははっ、人生は死ぬまでの長い長い暇潰しさ」

愉快そうにケラケラ笑う彼女には呆《あき》れてしまうが、長引く入院生活で時間を持て余しているのなら、あまり無碍《むげ》にするのも憚られる。性格もアレだし、こう見えて結構寂しがりだったりするのかもしれない。

ただ問題は、彼女と僕の可処分時間が同じではないということだ。

「でも僕、まだ仕事中ですし、そろそろお店に戻らなきゃならないんですけど」

「適度にサボるのも大切な仕事だぞ？　……とはいえ、確かに少しのんびりしすぎたかな。まぁ、近いうちにまた新しく注文すると思うから、その時にでもゆっくり話そうじゃないか」

彼女は勝手に話をまとめると、両手を広げて挑戦的に言った。

「ゲームのお題は『私がこの病院に入院している理由』だ。次に来るまでに質問を考えてくれたまえよ、羽斗くん」

ひとまず今日のところはこれで解放してくれるようだ。冷めたコーヒーを一気に飲み干し、僕は即座に丸椅子から立ち上がる。

「コーヒーご馳走《ちそう》様でした。失礼します」

そそくさと病室のドアに手をかけたところで、僕はふと思い直した。店長に小言を言われる前に急いで店に戻らなきゃと思ったが、どうせ配達の予定時間は大幅に過ぎているんだ。もう数分戻るのが遅れても変わるまい。

僕は振り返り、ベッドで無防備にくつろぐ彼女に呼びかける。

「あの、園生さん」

「苗字《みょうじ》で呼ばないでほしいな。私、自分の苗字が嫌いなんだ」

つくづく注文の多いお客様だ。

下の名前などいちいち覚えていないので、僕は代名詞で妥協する。

「では、あなたはどうして、僕のことをそんなに気にかけてくれるんですか？」

クリーニング代や落とした花代を肩代わりしたり、謎のゲームを持ちかけたり、彼女の行動にはどうも合理性が見出せない。単に暇潰しがしたいだけなら、こんな冴《さ》えない花屋の店員を捕まえずとも、患者や医療関係者などいくらでも身近な適役がいるだろうに。

問われた彼女は半身を起こすと、デスク上のピンク色のベゴニアに手を伸ばし、そっと花弁に触れて言った。

「君があの時、怒り散らすサラリーマンに対してではなく、落とした花に向かって謝っているように見えたからだよ」

自転車を懸命に漕《こ》ぎ、勤め先の桑畑《くわばた》生花店に到着した時には、すっかり汗ばんでしまっていた。

丸々とした狸《たぬき》を思わせる風貌の店長は、戻りが遅くなった僕を咎《とが》めるどころか、いつものニコニコ顔で迎える。

「おお、お帰り、有坂くん。配達はどうだった？」

「まぁ普通です、何事もなく」

釣銭ポーチの中身と領収書を確認した店長は、満足そうにひとつ頷《うなず》いた。

「はい、確かに。ご苦労様」

店長のお墨つきを得た僕は、花の水替えや在庫整理の作業に移る。

華やかで女の子の憧れという印象を持たれがちな花屋だが、実際の仕事は泥臭い重労働だ。水も土もずっしりと重いし、軍手をしていても爪の間が真っ黒になってしまう。その方が気が紛れるから僕にとっては都合がいいのだけれど。

閉店前の床掃除を始めたところで、僕は世間話の体で店長に話しかけた。

「店長、今日配達したお客さんですけど、また近いうちに注文されるそうなんです。なので次の配達も僕に回してもらえますか？」

「うん？　それは構わないが、またどうして……ああそうか、つまりそういう……」

店長は顎に指を当て、何やら下世話な笑みを湛《たた》える。

「有坂くんもなかなか隅に置けないなぁ。え？　電話の声、若そうな女の人だったもんな。もしかして、一目惚《ぼ》れってやつかい？」

「そんなんじゃないですよ。お客さんの方が何故か僕を気に入ったみたいで、話し相手になってくれって」

「ほうほうほう、まぁ今はそういうことにしておくことにしようかねぇ」

何を言っても聞く耳を持たない店長に、僕は陰で溜息を吐いた。

どうして大人は男女の繋《つな》がりを見るやすぐ恋愛沙汰に結びつけたがるのだろう。それが素晴らしいものだと思ったことがない僕には全く理解できない。

「本当にやましいことなんて何もありませんから。適当に納品してお代をもらって、さっさと帰ってきますよ」

「有坂くん。『適当に納品する』なんて言葉は、冗談でも使ってほしくないな」

一転して冷静な店長の言葉が耳朶《じだ》を打ち、僕は顔を上げた。

店長は先ほどまでの腑《ふ》抜《ぬ》けた態度が嘘《うそ》のように表情を引き締め、諭すように語りかけてくる。

「ウチのような小さなお店はね、ひとりひとりの信頼関係が何よりも重要なんだ。僕たち店員が不誠実にお客さんと接すれば、お客さんは二度とお店に来てくれなくなるかもしれない。君が思っている以上にお客さんは聡《さと》いし、影響力もバカにできないんだよ」

「……すみません、失言でした」

僕は即座に謝罪した。従業員としてお給料をもらっている以上、お店の売り上げを損ねるような真似《まね》は許されない。

僕の気持ちとは関係なく、客に誠実だと思われる振る舞いは常に心がけねば。

従順に頭を下げる僕に、店長は厳格な雰囲気を崩し、柔和に微笑《ほほえ》んだ。

「うむ、素直なのは君のいいところだ。とにかく、注文のことは分かったよ。配達は君に任せる。お客さんが満足するまで、ゆっくりお話ししておいで」

「え？　でも、配達以外にもお店の仕事が……」

「そんなの気にしなくていいから。お客さんと信頼関係を築くのも大事な仕事だよ。

いつも真面目に仕事してくれて助かってるし、何ならちょっと羽根伸ばすくらいのつもりでのんびりしておいで」

店長からサボりの大義名分を与えられてしまったが、僕はそれを手放しに喜ぶ気にはなれなかった。

邪険にされたいわけではないが、あまり優しくされるのも好きじゃない。

「お給料のために働いているだけです。感謝されるようなことではないですよ」

「君の場合は素直すぎるのが珠《たま》に瑕《きず》なんだよねぇ……」

店長は複雑そうな表情で唸《うな》り、手近なコスモスの鉢を取って掲げてみせる。

「僕としては、有坂くんにはもっと楽しんで仕事をしてもらいたいんだけどなぁ。ここの仕事、そんなにつまらない？　花、好きじゃないの？」

僕は床掃除に没頭しているフリに徹し、店長の方を見向きもせずに言った。

「別に、僕の気持ちがどうであろうと、やることは変わらないですから」

玄関のドアを開ける瞬間は、いつも気が滅入《めい》る。

実家のような安心感という感覚が僕にはよく分からない。僕にとって実家とは気が休まらない空間の筆頭だ。

もしかしたら今日こそ元通りに、という一縷《いちる》の望みを賭けてドアを開け、直後に鼻を突く青臭い匂いに肩を落とす。毎日その繰り返しだ。

「お帰り羽斗、今日もお仕事お疲れ様ね！　夕飯、できてるわよ！」

「ああ……うん、夕飯ね」

帰宅した僕をお母さんが満面の笑みで出迎えてくれる、そこだけ切り取れば理想的な家庭かもしれない。

廊下にずらりとひしめく、異様な数の観葉植物さえなければ。

廊下だけではない。庭は言わずもがな、ダイニングも居間も寝室も脱衣所でさえも、僕の家はすっかり植物に侵略され、ちょっとした密林や植物園の様相を呈している。家族三人でマイホーム生活に胸躍らせていたあの頃の名残は、今や何ひとつ残されていない。

自室に鞄《かばん》を放り、僕は形ばかりの食事を摂《と》りにダイニングに向かう。

テーブルに用意されていた〝夕飯〟は、キャベツの酢漬け、ニンジンのソテー、ホウレン草のスープ……ウサギのエサかと見紛《みまが》うそれらを、僕は文句ひとつ言わずに胃に収めていく。真正面に座り、食べっぷりを嬉《うれ》しそうに眺めるお母さんを前に、僕は「美味《おい》しい」という言葉を捻り出しながら箸を進めることしかできない。

スープの味付けは申し訳程度の塩と胡椒《こしょう》、食用油にはオリーブオイル。煮込みすぎて溶けかかったホウレン草は最悪の食感で、僕はろくに噛みもせずスープで強引に流し込む。これなら生で食べた方がずっとマシだ。逆にニンジンには中まで火が通っていないから、オリーブオイルでテカテカになったニンジンをボリボリかじる羽目になり、本当にウサギになった気分にさせられる。酢漬けのキャベツは酸っぱすぎてとても食べられたものじゃないから、口の中に残したスープでどうにか希釈。口中に広がる生温《なまぬる》い酸っぱさが、何とも言えない吐き気を催す。お母さんによると『お酢は健康にいい』そうだが、二人前の酢漬けを作るために食用酢を一瓶丸ごと使うなんて醸造所も想定外だろう。

米も肉も魚もない、野菜のみの食事というのは、意外と喉を通らない。しかも、これだけ苦心して強引に胃に収めても、一時間もすれば再びひどい空腹に苛《さいな》まれてしまうのだ。そのことを考えると、この食事が賽《さい》の河原のような虚《むな》しい苦行でしかないように感じられてくる。

何か当たり障りのない話題で場を濁そうと思った僕は、視界の端に移った見慣れない花に目をやった。

「……お母さん、また植物増やした？」

僕が訊くと、お母さんはキャベツみたいな奇妙な花の鉢を持ち上げ、僕の眼前に突き出してきた。

「あらぁ、よく気付いたわね！　ハボタンっていうの、分類上はキャベツの一種なんだって。お店でたまたま見かけて、きっと羽斗も気に入ると思って買ってきたの！　珍しくて綺麗《きれい》でしょ？」

夢中で語るお母さんは、鉢の泥が僕の膝にかかったことに気付いていない様子だ。土の中で何かが蠢《うごめ》いたのを見てしまい、食事中の僕は思わず目を背けてしまう。流石に料理に虫が混ざっていることはないと思いたいが。

「あのさ、お母さん。こういう植物をこれ以上家で育てるのは、そろそろ……」

そこまで言ったところで、僕は場の空気がさっと冴え渡ったのを感じた。

人のいい笑顔から一転、能面のような無表情で、お母さんは問いただしてくる。

「……そろそろ、何？」

地雷の真上に置きかけた足を、僕はそっと安全地帯に下ろす。

「……何でもない。そろそろ冬が近いから、枯らさないように気を付けないとね」

「そうそう、そうなの！　羽斗が気の利く子で嬉しいわぁ。でもね、それも大丈夫だから安心して！　薬師寺《やくしじ》先生に貰った手順書通りに肥料と温度管理をしていれば、ちゃんと冬を越せるからって――」

――いっそのこと、冬の間に全部枯れてしまえばいいのに。

全く満たされない食事を義務的に摂り続ける僕は、お母さんの話などろくすっぽ聞いていなかった。

憂鬱な気分で自室に戻った僕は、真っ先に窓を開けて換気を行った。

ただでさえ狭い部屋に馬鹿でかいアルテシマだのドラセナだのが鎮座しているものだから息苦しいことこの上ない。植物も呼吸するという事実を、これほど身をもって知っている高校生は、日本中を探しても僕くらいのものだろう。

机に宿題を開いた僕は、こっそり買ってきたコンビニチキンを鞄から取り出し、大口開けてそれを齧《かじ》った。

芳醇《ほうじゅん》なスパイスと、柔らかい鶏もも肉の食感が、口に残る青臭さと不快感を一掃してくれる。まともなタンパク質を摂取したことにより、やっと胃袋が落ち着きを取り戻してくれたような気がした。

どこからかコバエがチキンに集ってきたものだから、僕は反射的に手で払おうとする。その時、僕は脂で指を滑らせ、うっかりチキンの紙袋を落としてしまった。半分も食べていないチキンが床に落ち、僕は惨めな思いで拾い上げる。するると、部屋の外からお母さんの足音が聞こえ、僕は大慌てでチキンをゴミ箱に放った。

僕が適当な紙クズでゴミ箱を覆ったのと、ノックなしで部屋のドアが開いたのは、ほぼ同時だった。

「羽斗、お花屋さんのお仕事で疲れたでしょう？　チェリー買ってきたから一緒に……あら、何か変な匂いしない？」

「ま、窓開けてるからじゃない？　近所の夕飯の匂いだよ、多分」

僕が咄嗟《とっさ》にそんなデタラメを言うと、お母さんは断りなくピシャリと窓を閉じてしまう。

そしてそのままこちらに近付くと、宿題するフリをしている僕の傍に膝をつき、僕の頬に両手を当てて言った。

「羽斗、お母さんね、あなたのことを疑うようなことを言いたくないんだけど……あなた、お母さんに隠れて変なもの食べたりしてないわよね？　ダメよ、脂っこいものとか甘いものみたいな体に悪いものを食べたら、お父さんみたいに死んじゃうかもしれないんだから。お腹《なか》が空《す》いているなら遠慮なく言いなさいよ、私がいくらでも健康的なご飯を作ってあげるんだからね」

その目は今にも泣き出しそうなほど潤んでおり、本気で僕のことを気遣ってくれていることが伝わってくる。そして、その事実が堪《たま》らなくもどかしい。

優しくしてくれなければ、心置きなく嫌いになれるのに。

「……分かってるよ。それより僕、勉強しなきゃいけないから。チェリーは明日の朝に食べるから」

会話を切り上げるべく僕がわざとらしく宿題に目をやると、お母さんは微笑んで僕を解放した。

「そうよね。羽斗はお母さんの気持ち、ちゃんと分かっているものね。物分かりのいい息子を持って、私、本当に幸せ者だわ」

目尻を指で拭うお母さんは、目の前を飛ぶコバエを気にも留めない。曰《いわ》く、虫が寄りつくほど生命力のある空間でむしろ喜ばしいのだそうだ。

部屋を出たお母さんの足音が遠ざかるのを確認してから、僕はゴミ箱の紙クズをどけて隠したチキンを見る。脂をたっぷり含んだチキンは消しカスやティッシュがこびりつき、当然ながら拾って食べられる状態にはない。

　お預けを食らった胃袋の衝動に任せ、僕は拳で机を叩く。手が痛くなって余計にムシャクシャしただけだった。舌に残る青臭さをこそぎ落とすべく、僕は歯に舌を執拗《しつよう》に擦りつけた。

　最初はこんなんじゃなかった。歯車が狂い始めたのは、二年前にお父さんが生活習慣病に起因する心不全で急死してからのことだ。

　突如として伴侶を失ったお母さんは悲嘆に暮れ、心の隙間を埋めるようにネットサーフィンやオフ会に没頭するようになった。当時の僕は危うさを感じていたものの、生命保険とマイホームのお陰で生活には困らなかったし、少しでもお母さんの悲しみが癒えるならと静観に徹していた。

　見込みが甘かった。気付いた時にはお母さんはネットの健康サロンにどっぷりとハマり、怪しげな講師の意のまま、僕の家は瞬く間に緑に侵略された。何でも植物が放つマイナスイオンが自律神経を整え、自ら育てることによって精神的な成長も期待できるだとか。ふざけるな。こんな土臭い家で自律神経の安定もへったくれもあったものか。

　それでも、植物だけで済んでいればまだマシだったかもしれない。植物セラピーと並行して有機食材に偏執したのが、僕にとって最大の悲劇だ。

肉や魚や炭水化物は食卓からすっかり姿を消し、代わりに並ぶのは今日の夕食のようなウサギのエサまがいの野菜類ばかり。育ち盛りの男子、ましてや片道五キロの学校に自転車で通う僕に、このカロリー制限は非常に堪《こた》える。お父さんの死因が生活習慣病だった反動だけど、ここまで極端にされればかえって体に毒だ。実際、以前に比べて腹痛や下痢《げり》に悩まされることが格段に増えた。

まともな食事を摂るために僕がアルバイトを始めたのは、当然の成り行きだった。花屋を選んだのは花が好きだからではなく、高校生の僕が働くためには親の許可が必要だったからだ。ジャンクフードを目の敵にするお母さんが、コンビニやファミレスで働くことを認めてくれるわけがなかった。仕事内容も人間関係も不満はないからそこは結果オーライだけど。

ただ、先のことを思うと気が滅入る。お母さんの植物狂いは沈静化するどころか、悪化の一途を辿《たど》っている。

こんな家庭環境の中で、果たしてまともでいられるのだろうか。お母さんの支配から抜け出し、真っ当な大人になれるのだろうか。

――変わるとも、当然じゃないか。

——人生が豊かになる。

あの無責任な言葉を思い出し、急に腹立たしくなってきた。世間知らずの金持ち患者が、どの口でそんな知った風なことを。

僕は宿題の後半を適当に片し、電気を消してベッドに身を投げた。虫の羽音を遮断するために毛布を被《かぶ》ると、赤子のように身を丸くする。

善意が人生を豊かにするなんて、嘘だ。

第二章

二十の質問

メニューがやたらと多い料理店を、僕はあまり信用していない。

いくら選択肢が多かろうと、結局食べられるのはどれか一品だけだし、そう頻繁に来ることもないのだ。だったら自信をもってオススメできるメインディッシュを絞って提供してほしい。リピーターを飽きさせない経営戦略の前に、初来店の客の胃袋を、一番美味しい料理で摑むことを考えてほしい。誰にも注文されない料理や使われない食材のことを考えると、こちらまで物悲しい気持ちになってしまう。

それでも木造建築のシックなイタリア料理店は、雰囲気も匂いも良好だったから、給仕されるまでは僕の期待値も高かったのだけど。

——この店、外れだったな。

注文のカルボナーラを三口ほど食べた辺りで、僕は冷静に評価を下した。

当然のこと、お母さん謹製のウサギの餌とは比べるべくもなく美味しい。だけど千円以上を出してまで足を運ぶ価値があるかと言われると否だ。

パスタは伸び気味で食感がよくないし、材料の生クリームが悪いのか、ホワイトソースは何だか水っぽい。塩気が強めのベーコンで味を調整するというコンセプトなんだろうけど、それが僕の舌に合わない。

グルメサイトの評価が高かったから来てみたけど、この質なら前に行ったチェーンの喫茶店で充分だ。内装や料理の見た目は確かに綺麗で凝っているし、ひょっとすると味より映《ば》えの方を売りにしているのかもしれない。

そんな一端《いっぱし》の美食家のような感想を抱く自分に、僕は内心で首を傾《かし》げていた。

お母さんがベジタリアンに目覚めてからというもの、舌が変な肥え方をしているような気がする。前はもっといろんなものを素直に美味しく食べていたと思うんだけど、今は細かい雑味や食感が気になって仕方ない。

エネルギーを余さず取り込もうと舌が敏感になっているのか、それとも単に僕の味覚がバカになっただけか。後者の可能性を考えると、やっぱり間違っているのは僕の方なのかもしれない。そもそも味覚の優劣なんて正解の出しようがないのだ。プロとして経験を積んだ料理人より、たかが高校生に過ぎない僕のセンスが正しいと思う方がおこがましい。

分かってはいる、けれど。

シースルーの厨房《ちゅうぼう》で調理に励むシェフを、僕は恨めしい気持ちで眺める。

いっそのこと自分で料理を作りたい。僕の好みの料理を、心行くまで作って食べたい。ついでに自分にとって最高の料理を、お客さんにジャッジしてもらいたい。そうすれば自分が間違っているのか否かはっきりさせられるのに——

詮なき思考を打ち切り、僕は残ったパスタを一気に掻《か》き込む。花屋の仕事と自宅での苦行を控えている身では貴重な炭水化物だ。

食事を済ませてレジに向かい、伝票とお金をトレーに乗せる。ウェイターの若い女性はわざわざ釣り銭を手渡しし、高校生の僕に深々とお辞儀してきた。

「お返し三十円です！　ありがとうございました、またお越しくださいませ！」

「ありがとうございましたー！」

厨房にいるシェフの男性までもが笑顔で挨拶してくるので、僕は曖昧に会釈して店を後にする。

いまいち満たされない食欲に苛まれる僕には、従業員の行き届いた接客がむしろ煩わしいものに思えた。

——挨拶じゃなくて、もっと料理の方に力を入れてくれよ。

バイト先の花屋に赴いた僕は、注文用の花を自転車の荷台に載せ、一週間ぶりに園生さんの病室を訪れていた。

今日配達したのはトレニアという花だ。ラッパのような細長い紫色の花弁が特徴的で、例によって花瓶ではなく植木鉢をご指定ときている。

病院の規定は知らないが、病室に植木鉢を持ち込むのは衛生的な観点からも問題なのではないだろうか。

その疑問は一旦脇に置いて、僕は『園生さんがこの病院に入院している理由』を当てるための質問を始める。

「入院の理由は、病気ですか？」

「イエス。いわゆる外傷の類ではない」

「頭の病気ですか？」

「ノーだ。あ、今のは『脳』とかけ合わせたダジャレではないよ」

別段面白くもないので無視。

「心臓？」

「ノー」

「なら、肝臓？」

「ノー」

「……腎臓？」

「ノー」

「ええと、あとは……膵臓《すいぞう》とか？」

「おっ、イエスだ。ようやく当たったな」

「じゃあ僕の勝ちですね。もう行きますんで、僕」

言うが早いか丸椅子から立ち上がろうとした僕を、彼女は制止する。

「待て待て、君は疾患の部位を当てただけだろう？　それでは内臓を片っ端から指定するだけでゲームが終わってしまって、何の面白みもない。具体的な症状を当てるまでは、君の勝ちを認めるわけにはいかないな」

「そんなこと言われても、僕、医学的なこととか全然分からないですし」

「心配ない。私が抱えている病気は、分かりやすさという意味ではこの上ないからな。残り十四回の質問権を適切に行使すれば、君でもきっと当てられるさ」

どことなく尊大な物言いが癪《しゃく》に障り、僕は棘《とげ》を込めて尋ねる。

「あの、これ本当に意味があるんですか？」

「学校の勉強と同じさ。無駄と切り捨てるか物にできるかは君次第だよ。ひねくれ者の君が、これから正しい選択をするための、な」

アーロンチェアに堂々と腰かける様は、その整った容姿も相俟《あいま》って、患者という
より医師のように見える。僕の性格を矯正しようとしているという意味で、それは
あながち的外れでもないのかもしれない。

クリーニング代と花代の借りがある以上、僕はおいそれと彼女に逆らえない。

渋々腰を落ち着け、僕は質問ゲームを再開する。

「……分かりましたよ。その病気は、先天性のものなんですか？」

「イエス。疾患が見付かって治療を開始したのは小学生の頃からだがね」

「膵臓の働きが弱くなる？」

「ノー。まぁ、放置して究極的に行き着くところという意味では当たっているが」

「じゃあ、逆に強くなりすぎるんでしょうか？　おしっこが出過ぎる、とか」

「ノーだ。……というか、尿代謝は膵臓じゃなくて腎臓の働きだぞ」

「そうでしたっけ。すみませんね、浅学なもので」

「わはは、まあまあ拗《す》ねるな。知らなかったことを恥じるのではなく、ひとつ賢く
なったと考えるんだ」

「別に拗ねてないですけど」

大らかに笑って僕を宥《なだ》めすかし、彼女は人差し指を立てる。

「そうだな、ヒントをあげよう。膵臓の疾患という部分は一旦忘れてもらっていい、そこはさほど面白くもないからな。私の体では、臓器の異常な働きによって、本来体内には絶対に存在しないはずの何かが生成されてしまっているんだ。その何かとは何なんだろうか？　手がかりは既にたくさんあるぞ。さぁ、先入観を捨てて柔軟に考えてみなさい」

持って回った言い方は気に食わないが、こうなると当てられず負けを認めるのも癪だ。だが体内に存在しないはずのものと言われても、そんなものいくらでも——

ヒントを求めて視線を彷徨《さまよ》わせる僕の目に、病室内に並んだ植木鉢の花が映る。花を注文する彼女、手がかりは既にたくさんある……突飛な回答ではあるが。

「その何かというのは、この病室の中にもあるものですか？」

「イエス。気付いたか？」

挑戦的な視線を真っ向から受け止め、僕は解を口にした。

「もしかして……体の中から、植物が生えているんですか？」

ほとんど確信していたにも拘《かかわ》らず、言葉にすると何とも奇妙な響きで、僕は少しだけ後悔してしまう。取るに足りないクイズゲームでも、不正解を嗤《わら》われるのは気分のいいものではない。

しかし相対する出題者は破顔したものの、それは嘲笑によるものではなかった。

「イエス、お見事！　文句なしの大正解だ、羽斗くん」

小さく拍手する彼女は、正解に至ったことを心から祝福してくれているようだ。

無事に正解してゲームを終えられたことに、僕は安堵《あんど》と不思議な達成感を抱いた。

彼女は腹部の膵臓らしき位置に手を当て、言葉を続ける。

「『原発性蔦状腫《げんぱつせいちょうじょうしゅ》』、それが私の抱える疾患だ。要点は君の回答通り、体内に植物の主成分たるセルロースが生成されてしまうというものだよ。内臓や血管に混ざって蔦《つた》や茨が張っているようなものだと考えてくれればいい」

「……初めて聞きます、そんな病気」

「そりゃそうだ、発症例が世界でも私くらいしかいない奇病の類だからな。だが、分かりやすさという意味では申し分ないだろう？　私は本物の植物人間なわけだ」

その口振りに悲観はなく、むしろどこか誇らしげですらある。

何となく興味を掻き立てられ、僕は仕事もそっちのけで質問した。

「どうしてそんな病気を発症してしまったんですか？」

「発症したくてしたわけじゃないさ。理由は神様か私のＤＮＡにでも訊いてくれ」

「……すみません、愚問でした」

「ああいや、済まない。軽い冗談のつもりだったんだが、君は真面目だな」

恐縮する僕に軽く手を振り、彼女は朗々と語りだした。

「簡単に説明するとだな、膵臓にはグルコース——つまりブドウ糖をグリコーゲンっていう物質に変えたり、逆にグリコーゲンをグルコースに戻したりする血糖調整機能があるんだが、私はそれに加えてセルロースを作り出してしまう余計な機能が備わってしまったんだ。セルロースは人体で分解されないから、放っておけば体内に溜まったり、突き破って体外に出たりしてしまう。そのため定期的に手術で取り除く必要があるというわけだ」

セルロースという物質名自体は生物の授業で習った気もするが、植物の主成分が人体で消化できないという事実は初耳だった。野菜や食物繊維は体にいい物というイメージがあったから少々意外だ。

常に付けている手袋も、その病気に関するものなのだろうか。彼女の手元を眺めながら、僕は尋ねる。

「治せないんですか?」

「無理だろうね。何せ症例自体がほとんどないわけだし、それじゃあ研究者や製薬会社が本腰入れて取り組む意義もない。それでも今言った対症療法でのらりくらり生きてきたわけだ。全く医療の進歩とは素晴らしいものだな」

「よかったですね、命に関わる病気じゃなくて」

何の気なしに言った僕の言葉が、彼女にはなぜか引っかかったようで、切れ長の瞳で僕をじっと見据えてくる。

「意外だな。てっきり君は、赤の他人である私の命なんてどうでもいいと思っているものかと」

「……何ですか、その言い方。映画やドラマで人が死んだって、赤の他人だけど悲しくなるじゃないですか。それが人として当たり前の感情でしょう」

まるで感情のない人でなしとでも言いたげなその台詞に、僕が少しムッとして切り返すも、彼女は悪びれる素振りもなく問いを重ねる。

「私が死んだら、君は悲しい？」

「……死ぬ病気じゃないんでしょう？」

直視に耐えられず、僕はさり気なく目を背けてしまう。

この人の視線はどうにも苦手だ、心の中に無遠慮に踏み込まれているような気がしてしまう。

ややあって彼女は、机の上に置かれていた錠剤薬をペットボトルの水で流し込み、長い息を吐き出した。

「生まれた時点で、私も君も致死率百パーセントだよ。つまりそういうことだ」

「つまりどういうことですか」

「ま、ともかく今日はこのくらいにしておこう。お楽しみは次に君とゲームする日まで取っておくことにするよ、羽斗《くく》くん」

勝手に話を始めては勝手に締め括ってしまう。つくづく呆れるほど奔放な人だ。

店に戻る準備をする傍ら、僕は敢《あ》えて面倒そうに聞こえるように尋ねる。

「これ、まだ続けるんですか?」

「もちろんだとも。大切なお客様の頼みは断れないだろう?」

臆面もなく言い放つその態度には、一周回って尊敬の念すら覚えてしまう。店長公認でサボれてラッキーと思っていたけど、これなら店で肉体労働に従事していた方がよっぽど楽かもしれない。

お客様だからじゃなくて、クレーマーの件で負い目があるから従っているだけなんだけど、それを指摘したところで同じことだ。巧妙にすり替えられた因果関係が小憎らしく、僕は皮肉でささやかな抵抗を試みる。

「『お客様は神様だ』なんて、今どき古い考え方ですよ」

「その見解には賛成だな。私は神様がめっぽう嫌いだ」

「嫌いなものが多いですね。神様の悪口なんて言ってるとバチが当たりますよ」

「そうかい。生憎《あいにく》、私はその偉大なる神様に煮え湯を飲まされた側なものでね」

僕の申し訳程度の忠告もまるで意にも介さない。きっとこの人は死んだ後に神や閻魔《えんま》大王と対面しても、この尊大な態度を変えることはないのだろう。

病院の外に出て、駐輪場に停《と》めた自転車のロックを外す。

しかし病院の敷地を離れ、自転車を力強く漕いで花屋への帰路に就いても、僕は変わらずあの人と対峙《たいじ》し続けているような気がしてならなかった。

恐らく原因は、あの質問のせいだ。

——私が死んだら、君は悲しい？

どうして、そんなことを訊いてきたんだろう。人が死んだら悲しいなんて、至極当然の訊くまでもない当たり前のことなのに。

そして、僕はその質問に、たった一言『はい』と答えればよかったはずなのに。

植木鉢だらけの自宅で、僕は大皿に山と盛られた野菜を黙々と口に運ぶ。

これだけの野菜を食べてもすぐに空腹になってしまうことを常々不思議に思っていたが、ほとんど消化されないせいだと分かればそれも納得だ。

お米があれば多少マシになるかもしれないが、それも今の僕には叶《かな》わぬ願いだ。この生活を始める際、お母さんは『お茶碗《ちゃわん》一杯分のお米には角砂糖何個分の糖質が含まれている』とかで、米びつの精白米を全て燃えるゴミとして処分してしまったくらいなのだから。

食事が一段落した辺りで、お母さんの顔色を慎重に窺《うかが》いながら僕は切り出した。

「お母さん、廊下にあった段ボール、何?」

通販か何かで買ったものだろうが、今朝家を出る時にはなかったものだ。廊下の横半分を占拠しているせいで通りにくいことこの上ない。廊下にあった植木鉢は、居間や他の部屋に移し替えられたようだ。

お母さんはテーブルの上に置かれていた2Lペットボトルを持ち上げ、さながら通販番組の司会のように滑らかに喋《しゃべ》り出した。ラベルには聞いたこともない企業のロゴが英字でデカデカと印字されている。

「スイスから輸入したミネラルウォーターよ。標高千メートル以上の山の湧き水で、硬度10未満のとてもいい軟水なの。いつも飲んでるのと違って美味しいでしょ？定期購入してあるから、これからはこの水を飲んで、観葉植物の水やりにもこれを使いなさいね。水道水なんて間違っても飲んじゃダメよ」

「み、水やりにも使うの？　お金、大丈夫なの？」

いくらお父さんの遺産で当面の生活に困らないとはいえ、無駄遣いできる余裕はないはずだ。お母さんは現状無職だし、毎週通っている健康サロンも多額の会費がかかっていると聞いている。

お母さんは取り乱す僕を宥めるように微笑み、優しい声音で言った。

「全く、羽斗は心配性なんだから。子供がお金のことなんか気にしなくていいの。お金っていうのは、暮らしと命を守るために使わなくちゃならないものなんだから。植物だって私たちと同じように生きているんだから、いい水で育ててあげなくちゃかわいそうよ。そうでしょ？」

「……そうだね」

こうなればもう何を言っても無駄だ。

肩を落とし、僕は恭順の意を示す。何たらガイザーとかいうこの水がぼったくり価格でないことを心より祈る。

僕の心境など知る由もないお母さんは、身を乗り出して熱心に喋り続ける。

「羽斗、知ってる？　水道水って、水道管のサビのせいですごく汚いのよ。薬師寺先生に画像を見せてもらってびっくりしちゃった。あんな所を通ってくる水なんか飲んだら体壊しちゃうわ、気持ち悪い。政府やお役所は一体何をしているのかしら。あんな水、お風呂やお手洗いにだって使いたくないわ」

「そうなんだ、初めて知ったよ」

仮にそれが事実でも、僕からしたら「水道管のサビは人体に大した害はないんだ」っていう感想しかないんだけど。

ノルマ分は食べたし、これ以上余計なストレスを与えられる前にこの場を離れた方がよさそうだ。

僕が「ごちそうさま」と食器を下げて自室に戻ろうとすると、お母さんは折悪く何かを思い出した様子で声をかけてきた。

「羽斗、そういえばもうじき三者面談よね。進路、ちゃんと決めたの？」

「あぁ、まぁ……」

「社会勉強のためにアルバイトするのもいいけど、今が一番大事な時期なんだから、しっかりしなさいよ。それで進路、どうするの？」

それを和やかに話し合える未来が見えないので、曖昧に濁して離脱を試みる。

「……いいよ。宿題しなきゃだし、その時になったら言うから」

「ダメ、ちゃんと話しなさい。将来のことも話せないで何が親子ですか」

強い口調で制止されれば従う他ない。

観念した僕は、正直に話すか適当な作り話でやり過ごすかで逡巡《しゅんじゅん》したが、せめて家族としての誠意を示すべく前者を選択した。

「……調理師学校に通って、調理師免許を取って、料理人になりたいんだ」

僕の言葉を聞いたお母さんは、目を丸くし、しばらく言葉を失っていた。

「は……？　料理人？　何で？　そんなこと一度も言ってなかったじゃない」

「何でって……僕、美味しいご飯を食べるのが好きだから。そういう料理を作れるようになって、たくさんの人に食べてもらえたら嬉しいなって思って……」

「何それ、お母さんが作った料理は美味しくないっていうの？」

「そ、そんなわけないじゃん。だから僕も料理を学びたいっていうアレで……」

着実に雲行きが怪しくなり、僕は必死の軌道修正を試みる。失敗だったと今さらのように悔やむが、覆水盆に返らず。

お母さんは心底呆れ果てたような長い溜息を吐き、矢継ぎ早に捲《まく》し立てた。

「はぁ〜……あのねぇ、羽斗、あなたもう高校生でしょ？　コックさんになりたいだなんて幼稚園児じゃあるまいし、そんな甘い考えで本当に生きていけると思っているの？　調理師のお給料がどれだけ低いか、あなた知らないでしょ？　飲食業界なんて、どこもお休みもまともに取れなくて、料理だって体に悪い合成調味料やパーム油をドバドバ使ったりするようなとんでもない業界なのよ。彼らにとってはお金のためならお客さんの健康や命なんてどうでもよくて、だからそういう酷《ひど》いことが平然とできちゃうの。料理の勉強なんて学校に行かなくたって、今どきネットでいくらでもできるじゃない。私が羽斗くらいの頃はスマホも動画サイトもなかったけど、立派に料理を覚えることができたわよ。羽斗が勉強したいと思っていることってのはね、それくらい簡単で訳のないことなの。調理師学校に行くって口で言うのは簡単だけど、学費だって安くないのよ。皮を剝《む》いて切って煮て焼いて揚げて蒸して、それのどこにわざわざ学校で勉強しなきゃならないくらいの特別な技術が要るっていうの？　何なら私が今日から手取り足取り教えてあげたっていいわ、その方が早くて確実で安上がりだもの。調理師学校を卒業した後だって、そこからさらに料亭とかレストランでの下積み修業が必要になるのよ。修業とは名ばかりの雑用ばかりで、何年も包丁すらまともに触らせてもらえなくて、板長や先輩からの新人いびりだって未《いま》だに当たり前のように蔓延《はびこ》っているの。信じられないかもしれないけど、そういう非常識が罷《まか》り通るような世界なの。フランスだかイタリアだかに留学しに行ったって同じよ。ヨーロッパなんて綺麗なのは風景ばっかりで、どこもかしこもアジア人差別が酷くて、とても優しい羽斗が住めたものじゃないんだから。フードロスの問題だって今は深刻よ。料理人を目指すってことは、わざわざそれに加担するってのと同じことなの。食べ物を取り扱う仕事をする上で廃棄をゼロにするなんて絶対に不可能でしょ？　自営業ならしがらみもなく悠々自適に働けるなんてとんだ勘違いよ。独立するにも経営戦略や納税の仕組みに明るくないとダメだし、面倒なクレーマーが来た時に平身低頭謝罪しなきゃならないのは羽斗なのよ。接客業はそんなの日常茶飯事で、何か言い返したりしようものなら動画を晒《さら》されて悪い口コミを書かれて炎上して、最悪そのまま廃業することだってあるわ。調理師免許なんて大人になってからでも取ろうと思えばいつでも取れるじゃない。それって本当に羽斗が今やらなきゃならないことなの？　せっかく進学校に通っているのに、わざわざそれを棒に振って体を壊すような仕事に就いて、お父さんと同じような目に遭ったらどうするの？　そんな将来のために大切なお金を使って、死んだお父さんがどう思うか一度でも考えた？　羽斗はそんなにお母さんを悲しませたいの？」

どれだけ聞き流そうとしても、絶え間ない否定の言葉が、しつこくつきまとってくる。逃れられないひとつ屋根の下、お母さんから向けられる非難の目が僕の身を竦《すく》ませる。異論を許さない誘導尋問が、僕の中の選択肢を容赦なく剪定《せんてい》していく。

この場が丸く収まってくれるなら、僕の希望や将来なんてどうでもいいと、本気でそう思えてくる。

「そんなんじゃないって。調理師がそんな大変な業界なんて知らなかったんだよ、教えてくれてありがとう。じゃあ経済系の大学を出て会社員に……」

一刻も早く話を終わらせたくて妥協に徹したものの、それすら悪手だったようだ。お母さんは言葉半ばで割り込み、先ほどと同じような説教モードに突入する。

「何の会社に入るの？　今の時代、大企業だからって定年まで安心して雇用されるわけじゃないのよ。四十五歳定年制とか副業解禁とかで、いろんなスキルを身につけなきゃならないの。そうでなくとも、ノルマや残業や転勤で心身にひどい負担がかかるのよ。分かる？　羽斗にそれが耐えられる？」

「じゃ、じゃあ公務員……」

これもダメだったらどうしようと戦々恐々だったが、幸いその答えはお母さんのお気に召してくれたようだ。

先ほどまでの舌鋒《ぜっぽう》が嘘のように平静を取り戻し、穏やかに頷く。

「……そうね。せっかく大学を出るんだから、羽斗にとってもそれが一番だわ。安月給だとか何とか言っても官公庁は安定しているし、絶対潰れないものね。でもね、羽斗、それって本当にあなたの本心なの？」

たった一分前に僕の本心を捻《ね》じ伏せた口で、お母さんはそう問いかけてくる。

多分アリバイ作りや言質《げんち》取りという意識すらないのだろう。理不尽を自覚しながら理不尽に振る舞う人間なんていない。子の自由意思を尊重したい気持ちと、子を意のままコントロールしたい願望が、同じ意識の延長線上に存在するというだけの話だ。

お母さんにとっては、遍《あまね》く言動が純粋な善意に基づいていて。

だからこそ僕にとっては、それが何よりも怖いのだ。

お母さんは立ち上がると、僕の肩に手を置き、慈愛に満ちた声音で言った。

「羽斗、私は、あなたに自分の考えを押しつけたいわけじゃないの。私はあなたのためを思って、真剣に自分の将来について考えてほしいのよ。まだ時間はあるから、ゆっくり考えなさい。私はいつだって頑張る羽斗の味方なんだからね」

「……うん」

無能な味方は敵よりも厄介と言ったのは誰だったか。長い正座をようやく崩したような解放感の中、徒然《つれづれ》とそんなことを考える。

自室への生還を果たした僕は、極力大きな音を立てないよう、腹いせに足の裏でベッドを蹴っ飛ばす。足が痛くなって余計に苛立ちが増しただけだった。つくづく僕は学習能力がない。

精神的な疲弊がひどく、宿題に手をつける気になれない。一旦気分転換しようと、僕はベッドに身を委ねた。

うつぶせのままスマホで動画サイトを開き、新着動画をタップする。町中華店が宣伝を兼ねて投稿しているチャンネルで、料理人が顔出しも解説もせず、ただ包丁でネギを切ったり手際よく卵を割ったりして調理を進めていく。大きな中華鍋を振るって出来上がったチャーハンは、十人前に相当するにも拘らず丁寧な仕上がりで、見ているだけで胃袋が締めつけられるほどお腹が空いてくる。真面目な話、今なら十人前だろうと余裕で完食できるかもしれない。

こんな料理を毎日作れたらきっと楽しいだろうな——なんて仮定に想像を巡らせ始めた辺りで、ここ数ヵ月の惨憺《さんたん》たる献立を思い出し、途端に全てが虚しくなってしまった。お母さんにバレない程度に外食や買い食いをしているし、中にはすごく美味しいものだってあったはずなのに、どうして不味《まず》い料理の方が、後味も記憶も強く残るんだろう。

宿題は早起きして片付ければいいや、と僕は電気を消して布団を被った。暗闇の中、観葉植物のシルエットが浮かび上がる。視界の端でそれを捉えながら、漫然と思考する。

あれほど疎んでいた鉢植えの植物が、不思議と身近に感じられるのは、きっと気付いてしまったからだ。それらが僕の置かれた現状と瓜《うり》ふたつであるということに。

夢も意志も喜怒哀楽も、僕らには必要ない。

束《つか》の間《ま》、お母さんの世界を理想的に彩りさえすれば、それでいいのだ。

桑畑生花店には休日であっても客があまり来ない。

僕を雇う余裕があるのか、もっと言うなら経営が成り立っているのかすら疑問を持つほどなのだが、聞くところによると収益のメインは冠婚葬祭や法人相手の定期契約であり、店舗は半ば趣味のようなものらしい。酔狂な人もいたものだと思うが、そのお陰で僕が楽できているのだから文句は言うまい。

バックヤードの肥料交換が完了し、清掃に取りかかろうと店前に出ると、店長がジョウロで水やりをしていた。モップで床を磨きながら、僕は努めてさり気なさを装って尋ねる。

「店長、つかぬことを伺うようですけど、市販のミネラルウォーターで植木鉢の花を育てたことはありますか？」

僕の質問に、店長はおかしそうに口の端を上げて即答した。

「ええ？　妙なこと訊くね。するわけないじゃないか、そんなもったいないこと」

「ですよねー……」

予想を全く裏切らない答えを受け、僕は間延びした声で呟いた。店長は深く追及することもなく、上機嫌そうな鼻歌交じりで水やりを再開する。

仕事を心から楽しんでいるようなその姿を見て、僕は別の質問をぶつけた。

「店長って、何で花屋を始めようと思ったんですか？」

「うん？　なぜまたそんな質問を？」

「いや、大したことじゃないんですけど、僕の学校でもうすぐ進路相談があって。それでどんな進路にしようか悩んでいて、店長の話もちょっと聞いてみたいなって」

店長は水やりを続けながら、昔を偲《しの》ぶように目を細めて滔々《とうとう》と語り始める。

「僕の祖父母が新潟で農家をやっててさ。何もないところだから、家族で帰省した時に農作業を手伝うことが多くて、自然に触れることに興味を持ったのはその影響かな。駅とか公園で花壇を見かけると時間も忘れて眺めてさ。進路は農家と迷ったけど、高校生の時に婆《ばあ》さんが死んで農家を畳んじゃったから一から始めるのが難しくて。高校を卒業して花屋で働き始めて、頃合いを見て独立して……まぁ、こんなところかな」

「実家は花屋じゃないんですね。ご両親には反対されなかったんですか？」

店長は水やりの手を止め、悲しげに目を伏せる。

「……実は僕、年の離れた兄がいたんだけど、大学生の時に就活で心を病んで投身自殺しちゃって。両親としても兄にいろいろ期待し過ぎたのを反省したんだろうね。僕が高卒で働きたいって言った時も、『やりたいことがあるならそれが一番だ』って何ひとつ反対されなかったよ」

「じゃあ、もしご両親から花屋になるのを反対されていたら、今の店長はどうなっていたと思いますか？」

まるで例の質問ゲームみたいだな、と僕は我ながらそんな感想を抱いた。

店長は左手で顎に指を当てて思慮した後、青いジョウロを軽く持ち上げて微笑む。

「どうだろうね……仮定の話をするのは難しいけど、やっぱり何かしらの形でこういう仕事に就いていたと思うよ。大学で興味のない講義を受けたり、スーツを着て会社に行ったりする自分の姿ってあんまり想像できないし、やりたくもないことを無理して続けられる性格でもないしね」

「……そうですか」

楽しげに答える店長と対照的に、僕の気持ちは暗く落ち込んでいた。店長の答えが意志を持つ人間として百点満点の正解であり、同時にそれが今の僕とあまりにも懸け離れたものであると理解してしまったから。

店長は僕の内心を探るように、横目でこちらを見て訊き返してくる。

「そんなことを訊くってことは、有坂くんの方こそ、親御さんから将来の夢を反対されていたりするのかい？」

「い、いえ、特にそういうわけでは……」

図星を突かれ、僕は思わず狼狽してしまう。隠そうとしてもやはりバレてしまうものなのだろうか。

店長は僕の下手な嘘を見抜いたらしく、励ますように背中を叩いてきた。

「まぁ何にせよ、自分の大切な夢は、ちゃんと親御さんと胸を割って話すんだぞ。厳しいことを言われることもあるかもしれないけど、それは羽斗くんを想《おも》って言ってくれることなんだからな。真剣にぶつかれば、親御さんもきっと分かってくれるはずさ。人生、案外どうにでもなるものだ」

無責任な楽観論ですね。厳しいことを言われなかったあなたにそれを語る資格があるんですか。世の中、そういう物分かりのいい親ばかりじゃないんですよ。

そんな言葉を吐く資格は、きっと僕の方にこそないのだろう。

「ええ、そうですね」

喉まで出かかった言葉を全て押し殺し、無難な相槌《あいづち》で場を往《い》なした僕は、機械的にモップを動かすだけの仕事に戻る。

仮にお母さんが僕の進路に全面反対したとしても、従う義理はない。奨学金でもバイトでもいいから資金を調達して、高校を卒業したら家を出て好きに振る舞えばいいだけの話だ。

もっと言うなら、お母さんに言われたように普通に就職してから改めてそういう進路を目指したっていい。たとえ親の意に沿わないために家族の縁が切れてしまうとしても、本気で夢を叶えんとする確固たる意志があるならそれくらい当然だ。

だけど料理人になりたいという僕の希望は、夢と呼べるほど大層なものではない。言ってしまえば、まともな食事を与えられていないから、食に対する欲求がそのまま進路に反映されてしまっているだけだ。

本気で料理人になろうと心を燃やす人間とは比べるべくもない。ましてや親との関係を拗《こじ》らせ、路頭に迷う覚悟を決めてまで叶えるほどのものでは全くない。

僕は店長と違う。想像できてしまう。

興味のない講義を欠かさず受け、画一的なスーツを着て愛想笑いで就活し、満員電車に揺られ、会社に行き、上司に怒鳴られ部下に嫌われ、それでもやりたくない仕事を愚痴りながらも何だかんだで継続している未来が、容易に思い浮かべられてしまう。なぜなら僕には、他にやりたいと思える仕事も、なりたいと思える未来もないから。

肥料を替えたサフランの植木鉢を、僕はじっと見下ろす。

不満を抱きながらも、同時に心のどこかでそれを望む自分もいる。

植木鉢に留《とど》まり、ただ水を与えられるだけの、今と何ら変わらない生活を。

三回目の配達時、園生さんはベッド脇のデスクのノートパソコンを使って何やら作業をしていた。僕の訪問に気付くと、こちらを向いて顔を綻ばせる。

今日配達したのは、ミルトニアという南アメリカ原産の花だ。中心がオレンジ、花弁の内側が紫、外側が白という複雑な色合いをしている。この仕事をしなければ、見かけることはあっても名前を知ることはなかっただろう。

「ああ、ご苦労。その辺に置いといてくれ。お代はこの通り」

「はい、確かに受け取りました」

手渡された封筒の中を検《あらた》め、ぴったり二千円が入っていることを確認する。

貴重なお得意様とはいえ、個室入院の上に一週間間隔で花を買うとなると出費もバカにならないだろう。実家が相当裕福なんだろうか？

ずらっと壁際に並んだ植木鉢を眺め、僕は尋ねた。

「……あの、今さらですけど、植木鉢を病室に持ち込んで大丈夫なんですか？」

質問を受けた彼女は、運んだばかりのミルトニアを屈んで観察し、指先で花弁に触れながら答える。

「生花や土は感染源にはならないよ。まぁ、よっぽどの免疫不全患者であれば話は別だが、私がそこまでの重病患者に見えるかい？」

「いや、そっちも大切ですけど、よく言うじゃないですか。『寝つく』を連想させるから、病気の人に鉢植えの植物はタブーだって」

「それは見舞い品としてのルールだろう？　それを言うなら、この病院のロビーにだってパキラやサンセベリアが置かれているじゃないか。じゃあ君はここの病院の職員が、患者に寝ついてもらいたいがために鉢植えの植物を置いているとでも言うつもりなのかい？」

「そうは言わないですけど……」

つくづくこの人には口で勝てる気がしない。

大人しく白旗を上げて引き下がると、彼女は口元に指を当てて独り言《ご》ちる。

「自分で言っておいてアレだが、あながち違うとも言い切れないか。ここのような総合病院の収益は、大半が入院療養費だからな。経営陣諸氏はいつも病床を埋めるのに躍起で……まぁともかく、私が言いたいのは」

そして、すっくと立ち上がると、サバサバと結論付けた。

「そういうどこぞのマナー講師が勝手に言い出したような、合理性もへったくれもない作法や謎ルールを気にし始めたらキリがないってことさ。大体、ぞっとしない話じゃないか。たかが日本語の言葉遊びのために大事な根を切り落とされて、味気ない水を吸うだけの余生を過ごすなんて。私に言わせれば、そちらの方がよっぽど縁起が悪いし、命を冒瀆《ぼうとく》しているようにも思うけどね」

軽妙な口調とは裏腹に、後半の言葉は強い現実感を伴っているように感じられた。

自分の脚が切り落とされ、ベッドに横たわり点滴を打たれるだけの毎日を連想し、僕は小さく身震いする。

ただ、そういう風に思わされるくらい大切に育てているということなのだろう。アルバイトの身でも売り物を大切にしてもらえるのは悪い気はしない。

「お客様は本当に植物のことが好きなんですね」

精一杯の営業スマイルで僕がそう言うと、彼女は爽やかな笑顔で答えた。

「ああ、大好きだとも。何しろ植物は暴れないし、逃げないし、騒がないからね。丹精込めて愛《め》でるには最適だ」

「……そうですか」

訂正、この人やっぱりどことなく危ない気がする。植物に飽きて死体を愛で始めたりしないといいけど。

植物を愛で終えた彼女は、デスクに座り直し、何の気なしに僕に尋ねてくる。

「それを言うなら、羽斗くんだって植物が好きだから、こうして花屋でアルバイトをしているんだろう？」

「いや、僕は別に好きというわけじゃ……」

反射で答えてから、しまったと僕は思った。嘘でも好きだと答えるのが自然だったのに、どうやら僕は自分で思う以上に植物嫌いを拗らせてしまっているらしい。

取り繕う間もなく、彼女は鋭く追及してくる。

「うん？　好きじゃないのに花屋で働いているのかい？　そいつはまたどういった事情で……いや待て」

言葉を切ると、彼女は面白いイタズラを思いついた子供のように笑い、仰々しく人差し指を立てた。

「よし、ちょうどいい。今回は君が出題者で私が回答者だ。お題は『植物好きではない羽斗くんがなぜ花屋に勤めているか』だ」

思わぬ話の成り行きに、僕は不可解な気持ちで訊く。

「そのゲームって、僕が真実を見抜いて正しい選択をできるようにするためのものじゃなかったんですか？」

「立場が変わることで新たに分かることもある。自分のことは自分で思うほど理解できていないものなのだよ、羽斗くん」

「……そういうものですかね」

僕は短く溜息を吐き、いつもの丸椅子に腰かけた。どうせこの人が楽しみたいだけで、理由なんて後付けだろう。突っ込むだけ野暮だ。

回答者となった彼女は、しげしげと僕を観察し、勿体をつけて唸る。

「質問は最大二十回。多いようで少ない。そうだね、手始めに……実家が花屋か？」

「ノーです」

「家計は君が働かなきゃならないほど切羽詰まっている？」

「ノー」

「幼少期に何か植物に関連するトラウマを抱えている？」

「ノー」

間を置かず三つの質問権を使い、ゆっくりと瞬《まばた》きする。

「ふむ、なかなか手ごわいな。花屋さんの時給は相場より高いのかな？」

「ノー」

最低賃金に毛が生えたようなものだ。個人事業主のバイトなんて大抵そんなものだろうけど。

「野菜は好き？」

「ノー」

「花に集まる虫が苦手？」

「ノー」

「可能なら別の所で働きたいが、そうできない事情がある？」

「イエス」

「君は花粉症か？」

「ノー」

「将来なりたい職業はある？」

「ノー」

「恋人、もしくは好きな女性はいるかい？　男性でも構わないが」

「ノー」

「恋人を作るなら年上派？　ちなみに私はもうじき二十二だ」

「ノー。……あの、さっきからゲームと関係ない質問してません？」

　成り行きを不審に思って僕が訊くと、彼女はおかしそうに噴き出した。

「ふはっ、何を言う、関係あるに決まっているじゃないか。ちゃんと全て正直に答えたまえよ、そうじゃないとゲームが成り立たなくなるからな」

この人……ゲームを口実に僕の個人情報を集めようとしてる。就職面接だったらとっくに炎上案件だぞ。

まぁ訊かれて困る質問はデタラメで答えればいいだけのことだ。イエス・ノーの二択なら込み入ったことは訊けないだろうし。

ひとしきり笑って満足したらしい彼女は、改めて質問を再開する。

「君の植物嫌いは、生まれ持ったものではなく、トリガーとなる何かがあった？」

「イエス」

「親との関係は悪い？」

「イエス」

「ほう、この辺りが鍵になっていそうだ。ふむ……関係が悪いのは父親の方か？」

「ノー」

「母親との関係が悪いのは、君の植物嫌いと関係している？」

「……イエス」

「母親は植物嫌いか？」

「ノー」

「君の給料の主な使い道は食事関係？」

「イエス」

十七回目の質問を終えたところで、彼女は両手で膝をひとつ叩き、総括する。

「よし、整った。君の母親は植物を溺愛していて、自宅で大量の植物を育てるか無理やり植物園に連れて行くかしていて、その押しつけから君は植物嫌いになった。食事も野菜中心になって、働き始めたのは給料でまともな食事を摂るためだったが、母親の強い意向により花屋で働かざるを得ない状況下にある。どうだい？」

「イエス、正解です。お見事」

僕は気だるい気持ちで手を叩き、勝利を讃《たた》えた。

勝者となった彼女は喜色を露《あらわ》にすることなく、顎に指を当てて訊いてくる。

「あまり手放しに喜ぶ気にもなれないけどな。お母さんがそうなったのには、何か理由でもあるのかい？」

「ええ、まぁ、お父さんが死んでから少し」

そして僕は今日に至る経緯を掻《か》い摘《つま》んで説明した。

お父さんが急死したこと、悲嘆に暮れたお母さんが健康サロンに入り浸るようになったこと、その一環で家に大量の植物が置かれるようになったこと、食事もほぼ野菜のみで腹が全く満たされないこと、そして僕がお母さんの目を盗んでこっそり食事を摂るために花屋でのアルバイトを始めたこと。

耳を傾ける彼女の目は、話が進むにつれて不愉快そうに細められていった。僕が長話を終えると、やり切れなさそうに首を振る。

「ふうん、なるほどねぇ。君も随分と災難なことだ」

「お客様的には理想の母親だと思いましたけど」

本心半分、皮肉半分の台詞は、予想以上に咎められることとなった。

「何を的外れな。私は植物が好きだから育てているだけだ、それ以上の理由などない。健康増進効果を求めているわけじゃないし、ましてやベジタリアンでもない。自分が納得して行うだけならまだしも、エビデンスもない似非《えせ》科学を他者に強いるなどもってのほかだ。私は他人から強制されることがこの世で一番嫌いなんだ」

「植物が発するマイナスイオンが健康にいいって言ってましたけど、やっぱり眉唾なんですか？」

「当たり前じゃないか。そういうものをありがたがる連中は、そもそもイオンが科学的に何なのかすらろくすっぽ理解していないと相場が決まっている。観葉植物や陰イオンごときにそんな医学上の効果があるなら、とっくに大学病院と製薬会社が本腰入れて研究しているし、健康保険での処方対象にもなっているよ」

その歯に衣着《きぬ》せない言い回しは痛快に思えるが、僕もマイナスイオンを言うほど理解できていないのであまり偉そうなことは言えない。仮に勉強して似非科学だとお母さんに指摘したとしても、『メーカーはちゃんと有効性を証明している』だとか『国が有効性を認めないのは医学界との癒着と陰謀のせい』だとか言われて終わりだろうけど。

彼女は右手で作った拳銃を僕に向け、憐《あわ》れむような笑みで僕を撃つ真似をする。

「つまり、君はあれだな。悲しいかな、親ガチャに外れてしまったというわけだ」

「親ガチャ……」

僕は少しばかり意表を突かれた。この人はそういう反道徳的な言葉を、どちらかといえば咎める側の人間だと思っていたから。

境遇を同情され、しかし僕は素直に頷く気にはなれなかった。世にはびこる悪辣非道な虐待や育児放棄と比べれば、僕が置かれた状況なんて誰でも一度は経験する程度の何てことないものだ。

「別に、自分が不幸だとは思ってないです。お父さんが死んだのは確かに災難でしたけど、学校にはちゃんと通えていますし、暮らしに不自由しているわけでは……

それほどないですし、僕より不幸な目に遭っている子供は、世界中に数えきれないくらいいるわけですし」

「下には下がいる、高望みは禁物、身の丈相応の幸せ、置かれた場所で咲きなさい……なるほど、そういう考え方も大事と言えば大事だけどね。お陰で分かったよ。だから君は初対面の時に、『人を幸せにするのは善意ではなく善行だ』とひねくれたことを言ったわけだ。お母さんの善意が、今の君を不幸にしているから」

「事実じゃないですか、僕の母の件を抜きにしても」

犠牲者を悼んで千羽鶴を折る奴より、売名のため大金を寄付する奴の方がずっと偉い。真心込めて作られた不味い手料理より、機械が量産した弁当の方がよっぽどありがたい。大義を掲げて起こされる戦争より、打算と弱腰でもたらされる平和の方が千倍マシだ。

子供でも分かるそんな歴然とした事実を、『でも人の気持ちは尊重しなくちゃね』なんて無責任な言葉でひっくり返すから、いつまで経っても同じ過ちが繰り返されてしまうんだ。

善行は善意に例外なく優越する。この前提は決して揺るがない。

彼女は椅子の背にもたれ、疲れ目をほぐすように眉間に指を押し当てた。

「そうだな。なればこそ、事実は公平に適用されるべきだ」

その言葉の意味を理解する前に、新たな質問が繰り出される。

「訊こう。時に君は先ほど、『将来なりたい職業があるか』という質問に『ノー』と答えていたが、それはお母さんに否定されて諦めた結果なんじゃないのかな？」

「な、何でそれを……あっ」

今日二度目の後悔だ。またも口を滑らせて余計なことを。

失言を引き出した本人は、会心のしたり顔だ。

「やっぱりか、真実を見抜く目を磨けばこれくらい朝飯前なのだよ。それで具体的にはどんな？」

「……調理師学校に通って、料理人になりたいと思っていたんですけど」

ゲームが終わった今、正直に話す義理はないが、隠すほどのことでもない。

僕の告白に、彼女は感心したように小さく拍手してみせる。

「ほう、いいじゃないか。私も君の料理を是非いただいてみたいものだ」

しかし僕は小さく首を振った。この人は無知で無関係だから、無責任に人の目標を賞賛できるんだ。

彼女に厳しい現実を教えるべく、僕は脳内アーカイブから引っ張り出した言葉を並べ立てる。

「でもそれは、夢って呼べるほどのものでもなくて、人生を懸けて料理人になりたい、他の人を押し退《の》けてまで叶えたいものじゃないんです。それに調理師は給料も安くて体に悪いものをいっぱい使っているし、休みもまともに取れないし、卒業後も修業が大変だし、フードロスの問題も今は深刻で、独立するにもクレーマーと経営戦略の問題があって、だから……」

「そんなネットで聞きかじったような退屈な与太話に従うことが、君にとっての人生の正解なのかい？」

僕が散々苦しめられたお母さんの言葉の剪定鋏《ばさみ》は、そんな無造作な一言で粉々に砕け散ってしまった。

彼女の顔に笑みはなく、視線は一層の鋭さを増している。

「善行は善意に優先する、君の主張は正しいよ。正しいから私には解せないんだ。君を料理人たらしめるための条件は、親の意向でも、他者と比べた思い入れの強さでも、真偽不明の怪しげな風説でもない。ただ君が職務上必要な資格を取れるか、そして美味《うま》い料理を作れるか、業界と客にとって重要なのはそれだけだ。そこさえクリアすれば他の問題なんて些末《さまつ》なものさ。そしてたったそれだけのことを、君は借り物の理屈を捏《こ》ねくり回して握り潰そうとしている。できない理由を必死に探し、できることから目を背けようとしている。それは、君の先ほどの主張と相反するんじゃないのかい？」

まるでテスト用紙の誤りを粛々と訂正するような、容赦ない正論で責め立てられ、僕は歯軋《はぎし》りする。

お母さんの極論も、僕の自己矛盾も。

全部分かっていて、だからこそ僕は苦しんでいるというのに。

正論が人を救う世の中だったら、一体どれほど楽だったことか。

「……そんなの、僕にだって分かっていますよ！」

安全圏にいる奴は何でも言えるんだ。立ち向かえ、戦え、逃げるな、それが美徳だとばかりに囃し立てる。コロッセオの剣闘士を焚《た》きつける古代人とメンタリティは同じで、危険に晒されている人の気持ちなんてこれっぽっちも理解できていない。看護師に甲斐甲斐《かいがい》しく世話を焼いてもらい、親の金で入れてもらった個室で悠々自適の生活を送る患者に何が分かる。コバエが飛び交う土臭い家に押し込められる理不尽が、ウサギの餌をありがたがって食べなきゃならない気苦労が、お前なんかに分かって堪るものか。

僕は店員としての立場も忘れ、これまで溜め込んでいた鬱憤全てを、八つ当たりよろしくぶちまけた。

「それでも僕は、お母さんに逆らうことが怖いんですよ！　怒られて見放されて、逃げられない家の中で険悪になって、口も利いてくれなくなるのが怖いんです！　その程度のことを怖がる情けない僕が、ちょっとした気の迷いで抱いたような目標を達成できるって、あなたは本気で思うんですか⁉」

「思うよ」

端的なその答えは、瞬きほどの間すら置かれることなく。

あれほど吹き荒れていた僕の怒気が、嘘のように引いていく。

しばらく、僕は放心状態だった。こんなに大きな声を出したのは人生で初めてのことで、頭のあちこちが筋肉痛になったように痺《しび》れている。外まで響いていたら、最悪出禁になってしまうかもしれない。

その後に訪れたのは強烈な自己嫌悪だった。謝らなければと思いながらも、口をついて出たのは負け惜しみのような言葉だった。

「……気休めのお世辞なんていらないんですよ」

「私に気を遣われるほどの大物だとでも思っているのかい？　随分と大きく出たな。

合理的に導き出した結論さ」

理不尽にぶちまけられた僕の怒りを彼女は意にも介していない。

安堵した半面、対等ではないことを思い知らされたようで、僕はさらに意気消沈してしまう。勝手にいきり立っていた自分が恥ずかしいことこの上ない。

「さっき君自身も言っていただろう。君は確かに不幸だが、君と同じような境遇の子供が世の中に大勢いることも事実だ。束縛してくる親に対し、子が恐怖や忌避感を抱くのも、何も珍しくない至って当然の感情だよ。生殺与奪権を握られて本気で反抗できる子供の方が本来おかしいんだ。ところで君は十五歳未満の子供が日本に何人いるか知っているかい？」

僕が無言で首を振ると、事も無げに続ける。

「約千五百万人、一歳あたりに均《なら》すと概ね百万人だ。つまり日本には君と同学年の生徒が百万人、高校生全体まで範囲を広げれば三百万人もの人間が存在する。君と同様に保護者から何かしらの強要を受けている生徒が一～二割程度いると仮定して、三十人クラスであればせいぜい三～六人に過ぎないが、対象を全国の高校生に広げればその数はおよそ三十万～六十万人……政令指定都市の人口要件が五十万人ということを踏まえて考えてみたまえ、並大抵の市町村なんか比にならない大勢力だよ。

ちなみに現在確認されている地球上の植物は締めて四十万種ほどだ。それほどの数に及ぶ君の同胞たちが、揃いも揃って望む未来に進めないのだと、そう断言する方が統計学的によっぽど不自然だとは思わないかい？」

何も言えず、僕は彫像のように硬直するばかり。

身も蓋もない話をするなら、僕を安心させるための詭弁《きべん》・屁《へ》理屈の類なのだろう。仮定の数字は根拠が不明だし、政令指定都市の人口要件や植物の種別数を持ち出すのも強引だ。それに『全員が全員望む未来に進めないはずがない』ということは、裏を返せば『望む未来に進めない者も厳然と存在する』ということでもある。

しかし彼女が涼しげに披露した論理は、なぜか胸に違和感なく収まってくれた。少なくともこれまで僕が従順に聞き入れてきたお母さんの暴論より、ずっと生産的で理路整然としているように思えた。

まるで狭く暗い視界が一気に開けたような、不思議な感覚だった。こんな僕でも本当に何とかなるんじゃないかと、明るい未来を信じたくなる高揚感が沸々と湧き上がってくる。こんな気持ちになったのは一体いつ振りだろう。

僕の胸中を見透かした様子で、彼女は優しく微笑む。

「百の〝やらない理由〟なんて、ひとつの〝やる意志〟に比べれば、人生においてそよ風ほどの意味もなさないよ。外に出て、街を眺めて、人を見てごらん。遠方まで旅に出るのもいい。きっと捉え方が変わるはずさ。『あいつにできることが自分にできるとは限らない』から、『これだけたくさんの人間にもやれることが自分に全くできないわけがない』にね」

彼女を直視することができず、僕はつい顔を背けてしまう。

その言葉に胸を打たれて尚《なお》、僕の中には鉢植えの外の世界を恐れる自分がいる。それが何とも言えずもどかしくて、情けなかった。まるで『その感銘は勘違いだ』と指弾されているような気がして。

「それでも、僕は……」

「分かっているよ。すぐに母親に歯向かえだとか、そういう無茶を言いたいわけじゃない。親の機嫌を窺《うかが》って建前を言うのも、身を守るためには大事だよ。面従腹背、大いに結構。だけどね、思考放棄はしちゃダメだ。知識を蓄えて、人脈を広げて、水面下で力を蓄えるんだ。望む選択ができる力を身につけた時、それをすぐ実行に移せるように」

そして立ち上がると、僕の頭にそっと手のひらを置く。

手袋を付けているせいか、その手のひらは不思議ととても大きく感じられ、僕は目の奥から熱いものが込み上げるのを感じた。

「君は正しい選択ができる可能性を持っている。私はそう信じているよ」


お店に戻っても、家に帰って風呂に入っても、一晩が経過しても、僕は心地よい浮遊感の中にいた。

学校に向かう道すがらさえ、頭の中はあの人のことでいっぱいだった。いっそのこと学校をサボッて今すぐ病院まで会いに行ってしまおうか。そんなことを真剣に考え、断ち切るのに相当の覚悟が要るほどに。

ただ、店長の揶揄《やゆ》が的を射たような結果となるのは少し心外だった。

僕は下心があって彼女に想いを馳《は》せているわけではない。好意以上の男女関係を求めているわけではない。相手が女性だからという理由だけで、この気持ちに説明はつけられないはずだ。

それを確かめるべく、高校に登校した僕は、クラスの女子たちを入念に観察してみることにした。僕の想いが下心に根差したものなら、同じ気持ちになれるはず。

結論から言うなら、それは早々に打ち切ってしまいたくなるほどの苦行だった。

「エミ、三年の先輩にコクられたってホントー？」

「まぁね、顔も悪くないしとりあえず受けてみるつもり」

「さっすがエミだよねー、美人だし髪もツヤツヤだし。シャンプー変えた？」

「あー、あとヘアクリームもな。インスタで見たこれ、結構調子よくて」

「あ、それ私も気になってたんだよね。ちょっと私にも貸して」

「いいよ、ほら。おーい、榊原《さかきばら》も使ってみるかー？　そのエグいセンシティブ頭もちょっとはマシになるかもしれねーよ」

「キャハハ、エミひどーい」

「あ、あはは……」

　学校に通う学生だというのに、話すことと言えば実のない色恋や美容についての話ばかり。話を振られた癖毛の女子は愛想笑いを浮かべているが、傍《はた》から見ている僕には何が面白いのかさっぱり分からない。

　じっと見つめる僕に気付き、女子のひとりが不快そうにこちらを睨《にら》んでくる。

「……あ？　何だよ」

「いや、別に何も」

　短く切り返して顔を背け、僕の関心はそこで終わったのだが、彼女らはそうでもなかったようだ。

「あいつ誰だっけ、知ってるか？」

「さぁ。エミのこと好きなんじゃないの？」

「うへー、あいつはないわ。見るからに陰キャじゃん」

知性やウィットを欠片《かけら》も感じない彼女らが、あの人とたった五歳ほどの年齢差しかないなんて、俄《にわ》かには信じ難い。種族単位で違う生き物だと考えた方が自然だ。ああいう連中を見ていれば、なるほど確かに僕の人生も割かし何とかなりそうだと思えてくる。

確信を得て、僕は胸を撫《な》で下ろした。僕が感じたことは間違いではなかった。やっぱりクラスの女子を見ても何とも思わない。あの人と相対した時のような胸の奥の高揚感や、相手をもっと知りたいという欲求が全く湧いてこない。

僕はそっとメモ帳を開き、病室前のネームプレートから書き写した彼女の名前を読み返した。

【園生蒔苗《まきな》】

園生さん。いや、蒔苗さん。これまで覚えようともしていなかったその名前を、心の中で何度も復唱する。

面と向かって認めるのが癪なくらいには、不本意な事実ではあるのだが。

僕は間違いなく、蒔苗さんのことを特別に意識し始めている。

第三章

雑草という名の草

無人の教室で、僕とお母さんは、担任の伊藤《いとう》先生と向き合う形で座っていた。

今日は土曜日だが、進路相談を兼ねた三者面談の日だ。

体育会系の濃い顔立ちをした伊藤先生は、顎髭《あごひげ》を指でなぞりながら進路調査票を眺める。

「なるほど、羽斗くんは公務員を志望しているんですね。志望大学は国公立系ということですが、羽斗くんの学力なら大丈夫でしょう」

「ありがとうございます。それならよかったです」

お母さんは両手を膝に乗せ、丁寧に一礼する。

ばっちりお化粧をして他所《よそ》行きのワンピースを着たお母さんは、姿と言動だけを見れば理想の母親そのものだ。外向きの社交性と常識はしっかり備わっているから、おかしいのは僕の方なんじゃないかと思ってしまうこともよくある。

そんな錯覚に心乱されなくなったのは、やはり蒔苗さんと出会えたお陰だろう。

頭を上げたお母さんは、座ったまま少し身を乗り出して先生に尋ねた。

「あの、学校での羽斗はどんなでしょうか……？」

「羽斗くんはとても大人しい素直な子ですよ。他の生徒とトラブルになることもありませんし、授業も真剣に受けてくれるので、教師としても助かっているんです」

「そうですか。学校でもしっかりしているのね、羽斗」

ご満悦なお母さんに褒められ、僕は誰にともなく会釈する。

先生の言葉は要するに『いてもいなくても変わらないどうでもいい奴』ってことなんだけど、そういう立ち位置でいようとした結果だから不満はない。ただでさえ自宅で散々精神を磨《す》り減らしているのだ、外で余計なトラブルに巻き込まれることなど御免蒙《こうむ》る。

先生はお母さんから僕に顔を向け、尋ねてきた。

「ちなみに公務員といってもいろいろだぞ。どんな職種を想定しているんだ？」

「ええと、市役所とか、県庁とか、その辺で考えていますけど」

事前に用意しておいた模範解答を示しつつ、横目でお母さんの顔色を窺う。小さく頷くのが見え、僕は胸を撫で下ろす。

先生は手にしていた調査票を机に置き、姿勢を正した。

「王道だな。公務員試験をパスする必要はあるが、まぁそれも大した問題にはならないでしょう。ところで、羽斗くんのお父さんは、その……亡くなられておりますよね。差し出がましいようですが生活の方は問題ありませんでしょうか？　例えば公的な支援の必要性は……」

慎重に言葉を選ぶ先生に、お母さんは首を横に振り、はきはきと答えた。

「お気遣いありがとうございます。でも、我が家は大丈夫です。夫が残してくれた資産と保険で充分に賄えておりますので。ね、羽斗？」

同意を求められ、僕は迷わず頷いた。

母子のしっかりした受け答えで、緊張気味だった先生の表情が緩む。

「それならひとまずは安心ですね。いいご両親を持ったな、羽斗くん」

「ええ、本当に」

実際、ニュースで見るような毒親よりは大分マシな部類だと思うし。

先生はもう一度調査票に視線を落とし、半ば独り言のように話し出す。

「それじゃあ、羽斗くんが公務員になりたいというのも、ひょっとするとそういう事情で……おっと、これ以上は余計な詮索になってしまいますな。ともあれ、私の方から申し上げることは他にありません。何か困ったことがあったら何でも気軽に相談してくれよ、羽斗くん」

日々の学校生活では僕に見向きもしない先生が、裏表のない笑顔でそんな優しい言葉をかけてくれる。

先生のその即席の善意が頼りになる日は、恐らく一生来ないだろうけど。

「はい、その時はよろしくお願いします」

心にもない感謝の言葉は、思いのほか素直に僕の口から出てくれた。

死んだお父さんの印象は、正直あまりよくなかった。

それは別に仲が悪かったわけではなく、むしろお父さんは家庭や息子によく目をかけてくれていた方だと思う。ただ、その関わり方が僕の性に合わなかった。お酒好きのお父さんはしばしば僕にお酒を飲ませようとしてきたし、反応に困る下ネタを振ってくることも往々にしてあった。有り体に言うなら鬱陶しく、僕が一方的に内心で敬遠していた。

それでも親子仲が険悪になることはなかったし、働いて家族を養ってくれる父には常々感謝していた。夫婦の仲も良好で、記憶に残る限り、夫婦喧嘩《げんか》をしたことなんて一度もないと思う。ふたりは大学時代に知り合った先輩後輩の関係だったらしく、夕食の席で当時のことを散々惚気《のろけ》られたものだ。だからかつてのお母さんは、お父さんを喜ばせようと大好きな揚げ物や味の濃い料理をしこたま作ってあげて、大酒飲みについても口出しをしなかったのだろう。

あれはまだお父さんが生きていた頃。僕の中学校進学とお父さんの昇進祝いで、ちょっと高級な温泉旅館に泊まりに行った時のことだ。

お酒に酔ったお父さんは、夢うつつといった様子で露天風呂に浸《つ》かっていて、同行した僕は内心ハラハラだった。泥酔状態でお風呂に入るのはご法度だが、たまの旅行で上機嫌なお父さんに水を差すのも憚られる。僕がしっかり見ておくことで妥協せざるを得なかった。

『羽斗が中学生に上がって、俺も課長に上がって、こんな極楽な温泉に入れて……はぁ～、俺は幸せ者だなぁ』

『お父さん、酔ってるんだからのぼせないでよ』

『バカ、こんなの酔ったうちに入らねぇよ。でも、そうか……あんなに小さかった羽斗も、立派に成長したんだなぁ……もう思い残すことなんて何もねぇよ……』

『何縁起でもないこと言ってんの』

素っ気なくあしらう僕を、お父さんはとろんとした目で見てくる。

眠たげな瞳は僕をしっかり捉えていて、僕は視線を外すことができなかった。お父さんは水しぶきとともに腕を上げると、肉付きのいい手を僕の肩に置いて言った。

『いいかぁ、羽斗、男ってのは女を守るために生きるもんだ。だからな……もし俺がいなくなったら、その時はお前が母さんを守って、幸せにしてやるんだぞぉ……それで、おめぇも素敵な嫁さんをもらってなぁ……』

お父さんの言葉が尻すぼみに弱り、浴槽に背を預けてうつらうつらし始めたので、僕は呆れて肩を揺らした。せっかくいいことを言いかけていたのに。

『……お父さん、寝ちゃダメだってば』

虫の知らせか単なる偶然か、ともかくお父さんが死んだのは、それから二年後のことだった。

生活習慣病系の急性心不全だった。朝、いつものように元気に出勤したお父さんは、駆けつけた病院のベッドで冷たくなってしまっていた。悲劇は前触れもなく訪れた――と思っていたが、後に知ったところでは、会社の健康診断の結果は毎回芳しくなかったらしい。

お父さんが死んだ時、お母さんは言葉にならないほどに嘆き悲しんでいたけれど、僕は突然のことにどういう感情を発露するべきか迷っていた。

人並みに悲しい気持ちはあったが、頭の中は冷静そのものだった。お母さんと同じように泣きじゃくることもできたし、静かにお父さんの死を悼むこともできたし、多分その気になれば笑ってお母さんを励ますこともできた。こうして言葉にすると非情なようだけど、本当にどれでもよかった。それは多分、僕がお父さんに対して一歩引いた感情を併せ持っていたからだと思う。

結局僕が選んだのは二番目——お父さんの死を静かに悼むことだった。お母さんに続いて僕まで取り乱してしまえば、余計な混乱や心配をかけかねないという判断に基づいた選択だった。こうして振り返ってみても、その選択が間違いだったとは思わない。『俺がいなくなったら羽斗がお母さんを守って幸せにしろ』というのが、生前のお父さんの遺言だったのだから。

だけどお母さんは、お父さんが死んでも冷静な僕を見て『父の死で息子が感情を失ってしまった』と早とちりしてしまったらしい。

訂正する間もなく健康サロンに入り浸るお母さんに、僕はかける言葉が思い浮かばなかった。曲がりなりにも人との繋がりができたお母さんを、僕が引き留めることが本当に正しいのか。余計な嘴《くちばし》を挟めば、お母さんの精神状態がさらに悪化する可能性もあるんじゃないか……あれこれ考えているうちに、事態は取り返しのつかないところまで進んでしまった。

だから今の有坂家の状況は、間接的とはいえ僕にも原因がある。

そのことに責任や罪悪感を覚えているわけではないけど、だからこそ僕の中には後悔ではなく、ひとつの疑問が残り続けていた。

僕が取るべきだった正しい選択は、一体何だったんだろう——と。


昇降口でヒールに履き替えながら、お母さんは上機嫌に声を弾ませた。

「伊藤先生、ウチのことをよく気遣ってくれて素敵な先生ね。羽斗も学校でちゃんとやっているみたいで、お母さん、鼻が高いわ」

「そうだね、よかったよ」

面談がつつがなく終わって嬉しいのは僕も同じだ。それだけで先日お母さんに散々やり込められた甲斐があった。今日の三者面談で『料理人になりたい』などと言おうものならどんな地獄が待ち構えていたか、考えただけで胃がもたれそうだ。

靴に履き替えた僕は、先に昇降口前に歩き、バス停がある正門と逆方向に立った。

「それじゃ僕、今から図書館行って自習してくるから」

「図書館？　バイトも休みなんだし、土曜日くらいゆっくり休んだら？」

予想していたお母さんの気遣いに、僕は首を横に振る。

「そんなこと言ってられないって、大学受験まであと一年ちょっとしかないんだよ。先生はああ言っていたけど、偏差値的にもまだまだ安心できないし」

「そう……よね。偉いわ羽斗、ちゃんと自分の人生と真剣に向き合っているのね。気を付けて行ってらっしゃいね」

お母さんは満足そうに微笑み、正門の方に歩き去る。その背中が見えなくなったところで、僕はようやく人心地ついた。

図書館云々はもちろん方便で、本当の目的は蒔苗さんがいる病院に行くことだ。今日は自転車ではなく、お母さんと一緒にバスで来たためそこそこの距離を歩くことになったが、全く苦に感じなかった。

病室のドアは閉まっていたため、僕はノックした。しかし、待てども返事はない。眠ってるのかな、という考えが頭をよぎりながらも、僕はすぐに会いたい気持ちを抑えられなかった。

「失礼しますよ」

一応断わりを入れてから、ドアを持つ手に力を込める。鍵はかかっていない。寝ていたら今日は諦めよう……と思っていたが、病室はもぬけの殻だった。

「いない……？」

無礼であることも忘れ、僕は病室に無断で踏み入る。人を食ったようなあの主がいない病室は、妙にだだっ広く、寂しく思えた。

パソコンや本棚が残っているから、退院していないことは間違いない。これまでよく見ていなかったが、本棚の中身は多くが分厚い洋書だった。背表紙のタイトルは英語のようだが、見たこともない単語がずらりと並んでいて、高二の英語力ではまるで歯が立たない。一体何の本なんだろう？

それを訊くためにも、まずは彼女を見つけなければならない。僕は病室を後にし、スタッフステーションで看護師さんに尋ねた。

「あの、すみません。蒔苗さん……じゃなくて、園生さんは外出中ですか？」

「園生さん？　いえ、外泊届は出ていないと思いますが……」

若い女性看護師さんに割り込む形で、中年の女性看護師さんが答えた。

「園生さんなら、さっきエレベーターホールで見かけたよ。確か上の階に行ったから、食堂にでも行っているんじゃない？　多分すぐ戻ってくるよ」

「上の階に……?」

ここより上階には、確かに他の病棟以外は食堂くらいしかない。でも今は十四時で、昼食時とは少しずれている。

何となく、僕の胸がざわついた。


最上階の小ぢんまりした食堂には、やはり捜し人の姿はなく、僕は胸騒ぎを覚えながら上に続く階段の前に立った。この先は屋上で、十七時まで開放されている。高い柵が張られていることは外観で知っているし、よりによってあの人がそんなバカなことをするわけがないと、理屈では分かっているけれど。

階段を上がってドアを開けた瞬間、胸の高さの柵に手を付く蒔苗さんの姿が見え、僕は反射的に駆け出していた。

「蒔苗さん!」

僕の声で、彼女は驚いた様子でこちらを見た。

いつものシニカルな笑みを湛え、軽く手を振ってくる。

「おや、羽斗くんか。土曜日なのにこんな所で奇遇だな。……どうかしたか?」

息せき切って駆け寄る僕に、彼女は訝《いぶか》しげに問いかけてきた。

気勢を削《そ》がれた僕は、至極間抜けな声で訊き返す。

「どうかしたかって……そっちこそ何をしているんですか？」

「街を眺めているんだよ。私はこうして、高い所から人々の営みを見るのが好きなんだ」

言いながら、何気ない仕草で柵の向こうに視線を流す。病院の高さも相まって、確かに眺望はなかなかのものだ。

僕は未だにバクバクしまくっている胸に手を当て、ほっと一息ついた。

「そ、そうだったんですね……びっくりしました。何だか一瞬、飛び降りをしようとしているように見えて……」

僕の精一杯の心配を、彼女は遠慮なく一笑に付した。

「ふははっ！　君は面白いことを言うな。飛び降り自殺なんてしたら、私の大事な内臓が四方八方に飛び散って、敷地が真っ赤に汚れてしまうじゃないか。この私がするわけないだろう、そんな死に方」

「全然笑い事じゃないんですけどね……」

取り越し苦労で安心したけど、あまり生々しい言い方をしないでほしい。店長のお兄さんの自殺話を聞いたばかりなだけに、その光景を嫌でも想像してしまう。

ようやく呼吸と鼓動が落ち着き、僕は彼女の隣に立った。

「『人の営みを眺めるのが好き』って、ちょっと意外かもしれないです。勝手な印象ですけど、何となく人嫌いの世捨て人みたいな気がしていたので」

「失敬な。私が人嫌いなら、そもそも君とこうして関わるわけがないだろう。……まぁ確かに、殊更に人好きというわけでもないが」

柵に半身を預けて街を眺める姿は、一枚の絵のように佇まいが洗練されている。

そして、大通りを行き来する車や人を見下ろしながら、優しい声音で言った。

「こうして街を行き交う人々を見ているとね、何だか安心するんだよ。顔も名前も知らない彼らにも、みんな帰る家があり、趣味嗜好《しこう》があり、独自の人間関係があり、過去と未来があり……自分だけの人生を歩んでいる。世の中にこれだけたくさんの『人生』が存在するなら、自分のやりたいことのひとつやふたつくらい、どさくさに紛れてやっていけそうだと思えてこないかい？」

「それは……確かに、ちょっと思えてきそうですね」

視線を追うように街を眺め、僕はそう答えた。先日に聞いた数の論理が、実感を伴って理解できる気がする。何十万人という数字は言葉だけではどれほどのものか想像しにくいが、ここから見える道路と建物にいる人間全てを束ねても足りないと考えれば凄《すさ》まじい数だ。

ふと僕は、以前食べたイタリア料理店のカルボナーラのことを思い出していた。あの時は高いお金を出したのに口に合わなくて業腹だったけど、逆に言えばそんな料理を給する店でも高評価を得て切り盛りできるということだ。考え方を変えると心に余裕が生まれてくれる。

僕は彼女の横顔に視線を遣《や》り、率直に言った。

「でも、そういうこと考えたりするんですね。たくさんの人生に紛れて生きていくなんて、そんな多数派に迎合するみたいなことを」

「何事も時と状況によるよ。ぶつかり合った末に仲よく分かり合えるなんてのは、大概おとぎ噺《ばなし》の幻想さ。妥協と迎合で丸く収まるなら、それに越したことはない。真に通すべき意地は、無用な駆け引きで擦り減らしたりせず、適切なタイミングが来るまで入念に準備しておくものだよ。正しい選択とはそういうものだ」

横顔も言葉遣いも凛々《りり》しくて、声を聞いているだけで不思議と安心できてしまう。この人ならあらゆる事象に『正しい選択』を導き出せるんじゃないかと、そう思い込んでしまうほどに。

試すというと失礼かもしれないけど、僕の質問はその期待から出たものだった。

「仮定の話ですけど、あなたが僕の立場ならどうしますか？　親が植物狂いで、将来の夢を反対されて、でも親との関係を悪くもしたくない……そんな状況なら？」

質問を受けた彼女は顎に指を当て、思索に耽《ふけ》りながら答える。

「一口では答えにくいが、私なら情に訴えるよりも、仕組みや損得の上での解決を模索するかな。業界のデータを一通り調べてキャリア形成の展望を示すとか、親に何かしらのメリットを示して交渉を試みるとか、単純に家を出られる状況になるまで我慢しつつ他のことで気を紛らわすとか。植物狂いについては、何かしらの手段で家に植物を置けない状況にしたり、『火災の恐れがあるから観葉植物を置きすぎない方がいい』とアドバイスしたりね。君のケースではそう都合よく事が運ぶこともなさそうだが」

「なるほど……ありがとうございます、参考になります」

その意見はどこまでも合理的で、違和感なく僕の腹に落ちてくれるものだった。この人は『しっかり向き合ってごらん、家族なんだからきっと分かってくれるよ』というような気休めを口にしない。実際の解決に繋がるかどうかはさておき、納得できる意見をもらえただけで僕の気分は多少なりとも上向いてくれた。

「ちなみに、あなたのやりたいことって何なんですか？」

「そうだな。いろいろあるが、差し当たっては……」

いつもの黒手袋に包まれた長い人差し指を伸ばし、南東の方を指し示した。

「あの方角に、丸い建物がふたつあるだろう？　あれは国内でも有名な植物園でね。是非一度行ってみたいと思うんだが」

目を凝らすと、確かに木々に囲まれるような形で小さなふたつのドームが見える。

あまりにもささやかなスケールの希望に、僕は拍子抜けさせられた。からかっているわけではなさそうだが。

「そんなことなんですか？　行けばいいじゃないですか、明日にでも」

「それはそうなんだがね。私のような美貌の持ち主がひとりで行くと、よからぬ輩《やから》どもにナンパされてしまうだろう？　せっかくのいい気分が台無しにされてしまいかねないものでね。病気のこともあって二の足を踏んでいるんだ」

「蒔苗さんって、自分の容姿に対する評価がすごいですよね。僕でよければ一緒に行きますけど」

呆れ半分、期待半分で僕はそう言った。上手くいけば自然な流れでデートできる。もちろんそれ以上の下心など一切ない。

僕の提案を受けた彼女は、怪訝《けげん》そうに訊いてくる。

「気持ちは嬉しいが、君は私より、もっと同級生の女子と親睦を深めた方がいいんじゃないか？」

「クラスの女子なんかと話していても、得るものなんて何もないですよ。あなたとこうして話している方が僕にとっては千倍楽しいです」

鼻息荒く僕がそう言うと、彼女はしげしげと僕を眺める。

「……ふぅん、そうかい」

それがどういう感情に基づいた一言だったのか、僕にはいまひとつ摑めなかった。敵意や怒りではないが、さりとて照れや謙遜でもなさそうだ。

とはいえ、この人に摑み所がないのは今に始まった話ではない。僕は病室の本棚にあった洋書を思い出し、さらに迫る。

「そうですよ、本当にすごいです。あんなに分厚い洋書を何冊も読んだり、日本の子供や植物の種類の数をパッと答えられたり。ウチのクラスの女子なんかと比べ物にならないくらいの天才ですよ」

僕の惜しみない賛辞にも、やはり照れた様子もなく淡々と応じるばかり。

「語学力や記憶力なんてのは、所詮は他人の努力の上澄みだよ。教材と多少の要領のよさがあれば、ある程度までは誰でも身につけられる。真に天才と評されるべき人間は、テストの成績で推し量れるようなものじゃない」

「じゃあ何なんですか、あなたが天才だと思う人間って？」

僕の問いかけを合図に、彼女は指を鳴らして悪戯《いたずら》っぽく笑った。

「よし、じゃあ今日のゲームのお題はそれにしようか。『園生蒔苗が天才だと思うのはどんな人間か』、二十回以内のイエス・ノーで答えられる質問で当ててみせたまえ」

「そのゲーム、本当に好きですよね……」

てっきり今日はないものだとばかり思っていた。

苦笑交じりの僕の突っ込みに、気まぐれな女王様はしたり顔で胸を張る。

「好きだともさ。権力も財力も腕力も年齢も性別も心情も関係なく、ゲームは無慈悲にひとつの結果をもたらしてくれる。そして何人たりとも、その結果に異を唱えることは許されない。お互いがルールに則《のっと》り、誠実に取り組む限りはな」

その言葉で、僕は彼女の思考の一端を理解した。この人にとって『二十の質問』ゲームは単なるお遊びではなく、相手の信用を測る手段でもあるんだ。そう思うと、俄然《がぜん》やる気が湧いてきた。

早速僕は『天才の定義』について思索する。凡人の僕はベタなものしか思いつかないが、手始めにそこから攻めていこう。

「そうですね……東大やハーバードの学生や教授は、あなたにとっての天才に該当しますか？」

「ノーだ。全く存在しないわけじゃないが、回答の主旨からはズレている」

「ノーベル賞の受賞者は？」

「イエス。これもあくまで部分的なもので、受賞とイコールではないが」

「その天才の定義に当て嵌まる人は、主に理数系ですか？」

「ノーだな。文理で区別する類のものではないから、いずれも当て嵌まり得る」

早速三回の質問権を使ったものの、正解の糸口さえ見えてこない。ただ、特定の人物や単純な属性ではない、抽象的な回答ということは間違いなさそうだ。

「今回はなかなか厳しそうですね……」

渋い表情で呟く僕を、女王様は楽しげに促してくる。

「ふふふ、でもそちらの方が張り合いが出るだろう？　さあ、残りは十七回だぞ」

答えに近付いているのかいないのか、ついぞ判然としないままゲームは進行し、僕は破れかぶれに最後の質問を試みた。

「蒔苗さんが天才だと思うのは、植物学者ですか？」

「ノー。確かに含まれはするが、植物に限った話じゃない」

無慈悲なその宣告に、僕は肩の力を落とした。

失意の僕を見て、女王様は得意げに口の端を吊り上げる。

「今の質問で二十回目だな。残念、今回は君の負けだ」

「結構悔しいものですね、ゲームに負けて何も得られないってのは」

自嘲気味に笑いながら僕が言うと、彼女は緩やかに首を横に振って答えた。

「負けても得るものはあるさ。ただ、何を得て何に使うのか、今の君にはまだ理解できていないだけだよ」

励ましているのかコケにしているのか判然としない、持って回った言い回しだ。

不思議と癪には障らないけど。

彼女は唐突に柵から離れ、屋上の周囲を見回し始めた。

屋上の出口、白いコンクリートの壁面に目を留めると、徐にそちらに歩み寄る。

「そうだな。君の健闘を讃えて、ひとつヒントをやろう。このコンクリート、割れた隙間から草が生えているだろう？」

後に続いた僕は、彼女が指差す方に視線を落とした。

日陰になったコンクリートには、背の低い雑草がワサッと生えている。風や鳥が種を運んできたのだろうか。ろくすっぽ栄養もないだろうにたくましいことだ。

「ええと……これですか？　この雑草がどうかしたんですか？」

見たことあるようなないような、とにかく何の変哲もない雑草だ。

それらをしげしげと眺めながら僕が尋ねると、彼女は朗々と解説する。

「雑草じゃない。そいつはカタバミ。葉っぱがハート型で、片側が喰《は》まれたような形状をしているから片喰と呼ばれるんだ。奥の方にはドクダミも生えているな。言わずと知れたお茶や薬の原料になる草だ。おっと、野生のものは腹を下す可能性があるから、くれぐれもそのドクダミでお茶を淹れるんじゃないぞ」

真剣に耳を傾けているところに場違いな忠告が挟まれ、僕は呆れ返ってしまった。

初対面で花を食べたあなたがそれを言うのか。

「淹れませんよ……それで、このカタバミとドクダミがどうかしたんですか？」

率直に僕が尋ねると、彼女は意味深に含み笑いして答えた。

「雑草という名の草は存在しないんだよ。つまりはそういうことだ」

「つまりどういうことなんですか」

ちゃんと話聞いているのかな、僕は今、〝天才〟の定義についての話をしているはずなんだけど……と少し不安になってしまう。

カタバミとドクダミを見付けた人が天才だってこと？　でもこんな雑草、日本のどこにでも自生してそうなものだけど。植物学者に限らないって言っていたけど、カタバミやドクダミが他の分野で関係することなんてあるのかな……？

彼女は芝居がかった仕草で口元に人差し指を立て、僕に言った。

「ボーナスはここまでだよ。私とのゲームに負けた君に、元よりそれ以上の質問権は存在しない。後は羽斗くん自身で考えることだ」

「あなたのことですから、僕が考えて分かることじゃないと思いますけど……」

「ふははっ、言われてみればそれもそうだ」

愉快そうに笑い、颯爽《さっそう》と院内に引き返していく。どうやら今日のところはこれで本当に終わりらしい。

相変わらず蒔苗さんはよく分からない。博識で聡明な人かと思えば、突拍子もない冗談でからかってきたり、思わせぶりなことを言ったり。一介の高校生に過ぎない僕は、会うたびに翻弄されるばかりだ。

だけど、そんな謎めいたところも、今の僕にとっては唯一無二の魅力に映った。

第四章　誰が為に花は咲く

何事も始まりがあれば終わりがある。咲いた花は長くとも二週間ほどで萎《しお》れてしまい、その摂理は僕がせっせと配達している花も例外ではない。

しかし蒔苗さんの病室に新しい花を届ける時、植木鉢の花たちはいつも華やかに病室を彩っていた。そのことを少し不思議に思っていたが、今日になってようやく植木鉢の数が先週より減っていることに気付いた。枯れたものは全て処分しているということだろうか。

そのことについて尋ねてみると、彼女は嬉しそうに顔を綻ばせた。

「気付いたか。ちょうどいい、特別に羽斗くんを私の秘密基地に案内してあげよう」

言うが早いか、僕を病院の外へと連れ出していく。病院の裏手側、室外機などが密集した人気のない所に、小さな花壇が存在していた。

そこには幾本もの植物の茎が屹立していた。花弁はなく、茎と葉だけを風の流れで揺らめかせる様は、首なしの人間を想起させる。咲き終えた花がここに植え替えられていることは、もはや訊くまでもないことだった。

僕は腰を屈ませ、しげしげとそれらを眺める。

「病院の花壇なんて勝手に使っていいんですか？」

「私を何だと思っている。ちゃんと許可を取っているに決まっているだろう」

蒔苗さんだから許可なく勝手に使ってそうなんですよ、とは流石に言わなかった。

まぁ、位置関係的にも誰も気に留めないような花壇だし、病院側も設置ミスで持て余しているのかもしれない。

彼女は僕の隣にしゃがみ、首なしの花たちにそっと触れて言った。

「咲き終わって萎れた花を取り除くことを〝花がら摘み〟といってな。こうすると種子が結実せずに、また新しい花を咲かせることができるんだ。とはいえ、屋外でこの季節となると、上手くいくかは運次第だが」

花屋に勤めているのに知らなかった。

売れずに枯れた花がどうなるのか不思議に思っていたが、多分店長は僕がいないところでその花がら摘みをしていたのだろう。お母さんは枯れた傍から燃えるゴミで捨てているけど。

僕は感心し、率直な感想を口にする。

「へぇ……でも、何か残酷な気もしますね。何度頑張って花を咲かせても、子孫を残すことができないなんて」

「何を言う、用済みになってゴミ箱行きよりずっとマシだろう。むしろいつまでも美しく手入れしてくれることに、花の方こそ私に深く感謝しているだろうさ」

「それはどうかと思いますけど……」

人が勝手に花の気持ちを推し量って代弁するのは如何なものだろう。そういえばそんなことを歌った流行りの音楽もあったな。取り留めのない雑談に花を咲かせる時間が、僕は堪らなく楽しかった。

この時、僕は気付いておくべきだった。再び花を咲かせるのなら、なぜわざわざ植木鉢から花壇に植え替える必要があったのか、ということに。

蒔苗さんが手術を行うことを知らされたのは、それから間もなくのことだった。


翌週、病院まで配達に赴く僕は、いつになく緊張していた。

まるで自宅のように自由に振る舞い、突飛な言動の数々もあって忘れかけていたが、あの人はれっきとした病人なのだ。それも世界でもほとんど例がない、体内に植物が生える病を患う。

——生まれた時点で、私も君も致死率百パーセントだよ。つまりそういうことだ。

かつて言われた言葉を、僕は今さらのように思い出す。剽軽《ひょうきん》に見えたのは、実は強がりだったんじゃないだろうか。

ナースステーションで訪問許可を取っても、不安は纏《まと》わりついていた。もし病状の悪化で、もしくは手術の失敗で寝たきりになっていたらどうしよう。青白い顔で点滴を打たれて眠る彼女の姿が、僕には妙に鮮明に想像できてしまう。

病室の前に立ち、一呼吸を置いて、ノックの後にドアを開ける。

「やあ、今日もお勤めご苦労様」

視線の先には、いつもと全く変わらない様子で佇む蒔苗さんの姿。

最悪の想像が杞憂《きゆう》に終わり、安堵のあまり植木鉢を落としてしまいそうになった。言われる前に新しい鉢を床に並べ、僕は声を弾ませる。

「よかった、手術は成功したんですね」

「まぁ、定期的に行っている手術だから、そんな大仰に構えるようなものじゃないよ。それより、面白いものを見せてあげよう」

言うが早いか、デスク下のワンドア小型冷蔵庫を開け、中から何かを取り出した。

両手で隠すように持ったそれをデスクに置き、パッと手を放す。

「じゃん。これ、なーんだ？」

途端、現れたものに、僕はつい息を呑《の》んでしまった。

1Lペットボトルほどのサイズの瓶の中に、薄琥珀《こはく》色の液体が詰められ、瓶底に赤黒い塊が沈殿している。塊からは繊維状の何かが幾本も伸びていて、液体の中でゆらゆらと不気味に揺らいでいる。さながら新種のクラゲのようだ。

どう見ても食用じゃない、それどころか食欲を著しく削ぐ謎の物体が冷蔵庫の中に入っていた事実に、僕は思わず声を引き攣《つ》らせる。

「なっ……何ですか、これ？　何かの寄生虫ですか？」

僕の反応を見て、蒔苗さんは不敵に笑い、両の手をパンと打ち鳴らした。

「よし、それじゃ今日のゲームを始めよう」

「話の運び方が強引すぎません？」

それとなく詰《なじ》るものの、どちらの質問にも答える気はないようだ。

いつもの女王様然とした態度でアーロンチェアに腰かけ、黒手袋をはめた右手の人差し指を立てる。

「君も知っているとは思うが、病院の個室は〝特室〟といって、病院側の事情で入室しない限りは差額ベッド代を自己負担しなければならない。ここの家具類はほとんど自前だから室料自体は比較的安いが、それでも一日当たり五千円ほどかかる。月十五万円を超える家賃と考えれば結構な大金だ。しかし私はこの個室を根城とし、本やパソコン、さらには花まで買うほど懐に余裕がある。さて、その理由は？」

僕は一瞬言葉を失った。わざわざこうして出題するということは、これまで僕が思い込んでいた答えは、もしや誤りだったのだろうか。

今回のゲームは、僕のこれまでの認識を大きく変えるものになる……そんな予感がした。

蒔苗さんの表情からは何も読み取れない。僕はゲームに応じるべく、所定の丸椅子に腰かけた。

「そうですね……ご実家は裕福ですか？」

「イエス。あまり認めたくはないが」

「じゃあ、実家から金銭的な支援を受けている？」

「ノーだ。生憎、私は実家が嫌いなものでね」

「なら、遺産や貯金を取り崩している……ってこともないですよね」

「ああ、イエス……いやノーか？　ともかく、そういった事実はないな」

「難病だから特例的に室料が免除されている?」

「無論、ノーだ」

「ということは、個室料金を賄えるだけのお金を、自力で稼いでいる?」

「イエス」

「……そうだったんですね」

言いながら僕は反省した。

てっきり僕は、蒔苗さんが親の金で、悠々自適の個室生活を送っているものだとばかり思っていた。勝手な勘違いで勝手な怒りを抱いた自分が恥ずかしい。他人を知ることの重要性を、僕はようやく少し理解できたように思える。

気を取り直し、僕は質問を再開する。

「平日昼間、この病院を離れてどこかの職場に行っている?」

「ノー。気晴らしの散歩くらいはするが、それでも敷地外に出ることはほぼない」

「なら、もしかしてこの病院の職員として勤務しているとか?」

「ノーだが、その切り口は嫌いじゃないかな」

「ということは、この病室から、そこのパソコンを使って仕事をしている?」

「イエスだ。さて、私はこの狭い病室で、どんな仕事をしているんだろうな?」

イラスト、アフィリエイト、プログラミング、投資……思いつく傍から挙げてみたが、どれも結果はノーだった。頭を捻る僕を、女王様は楽しげに眺めている。

「投資はいい線を突いているが、主体ではないな。そもそも種銭となった収入源がある。さて、それは？」

次の質問を考えるのには少々の時間が要った。

このまま片っ端からインドア系の仕事を挙げていっても、恐らく無駄骨だろう。蒔苗さんが敢えて出題するくらいだ、僕の常識の内側にあるようなつまらない答えでないことは間違いない。

僕の視界の端に、冷蔵庫から取り出された瓶が映る。

そういえば……蒔苗さんはなぜ、この謎めいた瓶を取り出したんだ？　口振りからして僕に見せたかったようだが、その割には特に言及もなくゲームを始めている。つまりあの瓶は、今回のゲームの正答に関係する重要性を秘めていて、だから何も説明しなかったんじゃないのか？

有機体めいたその中身について思考を巡らせ、僕は口を開く。

「その瓶の中身は、今回の手術で摘出されたものですか？」

「イエスだ。ちなみに、このように体外に排出・保存された体組織などを総称して

〝検体〟と呼ぶ。またひとつ賢くなったな、少年」

「蒔苗さんのお仕事は、その検体に関係あることですか？」

「イエス」

「そのお仕事の成果として、医学的に救われる人が多く出てくる？」

「イエス。いいね、核心に迫ってきている」

小気味よい合いの手に促されるようにして、僕は導き出した答えを告げた。

「整いました。蒔苗さんのお仕事は、その検体をどこかの研究機関に渡して、何か新しい治療法や治療薬を発見するためのものなんじゃないですか？」

「イエス！　お見事、流石は稀代《きたい》の名探偵羽斗くんだ」

僕の回答に蒔苗さんは拍手し、惜しみない賛辞を送ってくれた。一応ルール上は負けであるはずなのに、破顔する様は心から嬉しそうだ。

僕はその検体瓶に顔を寄せ、しげしげと眺める。白い繊維状の物質が例のセルロースで、赤黒い球体は血肉の一部ということだろうか。

「蒔苗さんの検体ってすごい価値のあるものなんですね。一ヵ月に十五万円以上を受け取れるなんて」

「まぁ、流石にそれだけでは首が回らないんだけどな。並行して研究に関する医学書の和訳や、有益そうな論文検索も行っている。病魔に侵された薄幸の美女は世を忍ぶ仮の姿、その正体は頭脳明晰《めいせき》な美人研究員だったというわけだ」

「引きこもりっていう属性付きですけどね」

抑揚たっぷりに自賛する女王様に、僕は白けた気持ちで茶々を入れる。

どこからそれほどの自信が湧いてくるのやら……と思ったが、彼女は確か大学生くらいの年齢のはずだ。それで研究の補佐や専門書の和訳を行っているとなれば、なるほどその手腕は目を見張るものがある。

それに……認めるのは不本意だが、蒔苗さんは確かに美人だ。

余計な考えを誤魔化すように咳払いし、僕は尋ねる。

「でも、この検体をどんな治療に役立てるんですか？　蒔苗さんの病気、世界でもほとんど例がないんですよね」

「お、関心を持ってくれてお姉さんは嬉しいぞ。それじゃあ次はそれをお題に……と言いたいところだが、ちょっと難易度が高すぎるかもしれないな」

彼女は検体瓶を手に取り、軽く振ってみせた。

「私たちが研究しているのは、糖尿病の治療薬だよ」

「糖尿病？　またどうして？」

植物化する病気といまいち接点を感じないその病名に、僕が呆気《あっけ》に取られるのも、きっと想定内だったのだろう。

僕の疑問を受けた解説は、まるで台本のように淀《よど》みなかった。

「糖尿病の問題点とは、血糖値を下げるホルモンのインスリンが不足することで、血糖値が異常に上昇してしまうところにある。インスリン注射という治療法は君も知っているだろう？　そして前にも話した通り、私の体はブドウ糖《グルコース》を消化不可能なセルロースにも変換してしまっている。もし、この性質を投薬などによってうまくコントロールできれば、糖の体外排出を促進し、血糖値の過剰な上昇を防ぐことができるようになるかもしれない。いわゆる吸収阻害薬の一種だね」

医学的知識のない僕にも分かりやすい説明をされ、僕は素直に感嘆した。

「すごいじゃないですか。もしそれが完成したら蒔苗さんの名前が薬に付けられて、後世に名を残すかもしれないですよ」

「そうだな。……本当に、そうなるといいんだがな」

その時の、彼女の表情が。

一瞬だけ見せた、非常に切迫したその表情が、やけに僕の印象に残った。飄々と捉え所のない女王様が、初めて見せた本心、そんなものを感じて。

沈黙を破ったのは、僕でも蒔苗さんでもなく、新たにドアをノックする音だった。

看護師かと思い、僕は反射的に姿勢を正す。

病室に入ってきたのは、銀色のショルダーバッグを携えた見知らぬ女性だった。

白衣を着ていることから担当医かと思ったが、その人物は片手を挙げ、部屋主に気さくに挨拶する。

「蒔苗、久し振り。調子はいつも通り？」

「……今日は随分早いんだな、芽衣《めい》」

その返事は、心なしか少し硬く感じられる。

芽衣という女性もそれに気付いた様子で、挙げた手を所在無げに下ろして言った。

「ちょうど仕事の都合がついて。お邪魔だった？」

「そうか。いや、問題ない。私の調子もな。これが今回のサンプルだよ」

蒔苗さんはすぐにいつもの口調に戻ると、立ち上がって検体瓶を手に取り、芽衣さんに手渡した。

受け取った芽衣さんは肩から下げた銀色のバッグのファスナーを開け、検体瓶を中に収めた。恐らく保冷機能が備わっているのだろう。

「うん、ありがとう、確かに受け取ったよ。……その子は弟？」

「まさか、いつも話している、例の有坂羽斗くんだよ。私の愛《いと》しい恋人のな」

「そっちの方がまさかですよ。ただ花屋のバイトで来ているだけです」

したり顔でデタラメを言う蒔苗さん冷ややかな視線を送りつつ、僕は訂正する。

視線で僕の疑問を察した蒔苗さんは、横に立つ芽衣さんを端的に紹介した。

「彼女は式見《しきみ》芽衣。製薬会社に所属する研究員だ。手術で取った私の検体を使って、創薬研究を行っている」

「よろしくね。話はいつも聞いているよ、羽斗くん」

礼儀正しく頭を下げる式見さんは、かなり若い。蒔苗さんとタメ口で話していることからも、せいぜい三十歳前後といったところではないだろうか。とろんとした垂れ目はどこか眠たそうに見える。

「芽衣、進捗は？」

「前と比べて、目新しい成果はあまり。……それより蒔苗、ケンタイの件だけど、あなた本気なの？」

理由は分からないが、式見さんの口調には奇妙な焦りが滲《にじ》んでいるように思えた。

質問を振られた蒔苗さんは、無造作に片手を振り、大股でアーロンチェアの方に戻る。

「芽衣も知っての通り、私は一度言ったことは曲げない主義なものでね」

研究の協力者だというのに、その態度はどこか冷淡だ。

事態を把握できず視線を行き来させる僕の前で、式見さんは尚も迫る。

「ねぇ、やっぱり考え直してよ。確かに進捗は鈍化しているけど、それはこういう研究をする上で必然的にぶち当たる問題なんだよ。創薬ってのは、それくらい気の長いギャンブルみたいなものなの。基礎の解明がそれだけ進んでるって話であって、全く進んでいないってわけじゃないんだし、せめてもう少しこのまま――」

「芽衣、最初に言ったよね」

言い募る式見さんを、蒔苗さんは一言の下に制した。

口を噤《つぐ》んだ式見さんに、妥協を許さない真剣な表情で告げる。

「私と君は利害関係者だ。私は君のことを友人だと思っているし感謝もしているが、君と馴《な》れ合うつもりなど毛頭ないんだよ。お互いが自分自身の目的を最優先とする、それが契約の前提条件だったはずだ」

冷徹で取りつく島もない――だからこそ伝わる本気の言葉だった。傍らで聞いているだけの僕でさえ、つい息を潜めてしまうほどに。

式見さんは尚も何か言いたげに口元を震わせていたが、やがて僕の姿を見て思い直したらしく、渋々といった様子で頷く。

「……分かった、今は羽斗くんの前だしね。詳しいことはまたリモートで話そう」

「いい報告を期待しているよ。健闘を祈る」

幾度となく繰り返されたのだろう。その言葉は字面からは程遠い味気なさだった。

式見さんが退室すると、どこかひりついた雰囲気を纏っていた蒔苗さんは、一転してにこやかな表情となった。

「やあ、長話に付き合わせてしまったね。でもこれで君の推理の正解が裏付けられたわけだ。羽斗くん、君の中では着実に人を見る目が養われているんだよ」

しかし今の僕は、その表情も言葉も、そのまま受け止めることができなかった。

式見さんとのあのやり取りを目の当たりにしておいて、そんなことはできるはずもなかった。

人は、自分にとって無関係な相手には、無条件に優しくなれる。薄々気付いてはいたが、この人は一度も僕のことを対等の立場と認識していなかったのだ。

このまま惰性の関係を続けても、僕はきっと彼女と対等にはなれない。

「待ってください」

矢も楯も堪らず、僕はそう切り出していた。

ただならない気配を察したのか、彼女は物珍しげに目を瞬く。

「僕の質問権は、まだ残っていますよね？　さっきのゲームの続きをしましょう」

「うん？　別に構わないが、心配せずとも私は嘘などついていないぞ。ゲームが成り立たなくなるからな」

「そんな心配しませんよ、嘘が混じっていたらそれこそ続ける意味がないでしょう」

僕の心配は、むしろその逆だ。

質問は残り四回。問うべき内容を間違えないよう、僕は膝の上で拳を握る。

「式見さんと結んでいる契約には、検体の提供と論文の和訳・検索の他にも、重要度が高いものが存在しますか？」

「イエス」

答えは端的だが、その響きは明らかに先ほどとは一線を画している。

確信と疑惑の狭間《はざま》で、僕はさらに一歩踏み込む。

「式見さんとの共同研究を進めるには、実はあの検体だけでは不充分ですか？」

「イエス。手術で摘出した程度の量では、どうしても限界があってな」

「あなたは自分が死んだ時、死体を式見さんの研究機関に渡すつもりですか？」

「イエス。今のが十九回目の質問だが、それが答えか？」

「いえ、本命は次ですよ」

僕は深く息を吸い、声が震えないよう気を張って尋ねた。

「蒔苗さんは……次の手術を受けず、病気を放置して自然死しようとしている？」

暫《しば》し、僕と彼女は無言で見つめ合っていた。

睨み合う、という表現の方が適切かもしれない。手を翳《かざ》せば皮膚が切れてしまいそうなほど限界まで張り詰めた空気が、彼我を隔てている。初めて蒔苗さんの本気の感情に直面し、僕は情けなくも内心で怯《ひる》んでいた。

正しくても、誤りでも、僕たちはきっともう戻れない。

何時間にも思えた十数秒後、相対する出題者は、折れた様子で緩慢に拍手した。

「やるな、イエスだ。文句なしの大正解だよ」

喜色が皆無なのは、きっと僕も同じだろう。

信じがたい真実を突きつけられ、僕は呼吸の仕方すら忘れるほどの衝撃を受けていた。対する彼女は、呆然と佇む僕のことを至極冷静に賞賛する。

「正確には『今回の検体を使って有益な成果が出なければ』という条件付きだが、よく分かったな。驚いたぞ」

「驚いているのはこっちですよ！」

肺に残った空気を総動員し、僕はやっとそれだけ口にした。

取り乱す僕を前にしても、彼女は凪《な》いだ真顔のままで、それが余計に僕の焦燥を駆り立てる。

摑みかかりたい衝動を抑え込み、僕は問い詰める。

「治療拒否なんて、何でそんなことするんですか⁉」

「このままダラダラ続けても埒《らち》が明かないんだ。直近三回のサンプル提供において、新しい作用機序や有益な結果が報告されていない。その筋の専門家が三回もやってダメなことが、四回目五回目で劇的に進展するなんてことがあると思うかい？」

自分の命がかかっている話なのに、その口振りはまるで他人事だ。

口元に薄い笑みすら湛え、彼女は続ける。

「芽衣が言っていた通り、完全に行き詰まったわけじゃない。ただ、検体を用いた実験はとっくに頭打ちの段階なんだよ。生体状態のモニタリングも丸三日の泊まり込みで既にあらゆるデータを取り尽くしている。ブレイクスルーのために残された方法はひとつ、死後に私の死体を病理解剖して仕組みを直接探ること。芽衣が所属している研究チームは、病理医も含めて粒揃いだ。亡骸《なきがら》とはいえこれだけの材料があれば多少なりとも新しい発見があるはずさ。あぁ、ちなみにさっき芽衣が言っていたケンタイは、体を献げるという意味の〝献体〟のことだよ」

「訳が分からないですよ！　可能性の話をするなら、死体を使って研究が発展する可能性の方がもっと低いじゃないですか！　いえ、仮に全て上手くいったとしても、蒔苗さんはその成功を確かめることができないんですよ⁉　そんなもの、死ぬ理由になってない！」

彼女の論理は滅茶苦茶だ。因果関係が全くと言っていいほど成立していない。まるで〝死ぬ〟という結論のためだけに、他の理由をお膳立てしたかのようにすら思えるほどに。

そんな僕の考えは、ある意味で的を射ていた。

「羽斗くん、君は大きな勘違いをしている。私はご大層な大義や可能性の低い希望に殉ずるほど高尚な人間ではないよ。人が死を選ぶのは、死ぬ理由ができた時ではなく、生きる理由がなくなった時なんだ」

「だから、それはどういう――」

焦《じ》れた僕の目の前で、彼女は唐突に上着を捲ってみせた。

「これを見てごらん」

突然のことに、僕は顔を背けることもできずにいたが、羞恥心や罪悪感を抱く暇すらなかった。

臍《へそ》の右上辺りの素肌が、赤茶けた色に変わっている。隆起し節くれ立ったそれは、さながら巨大なカサブタだ。周辺の肌が日焼けすら知らないような白磁であるため、変色部分が余計に強く印象付けられてしまう。

凝視する僕に、彼女は涼しげに言った。

「まるで本物の樹木の幹のようだろう？　体内のセルロースによって傷付けられた細胞が変色した姿だ。取り除くこともできるが、私は敢えてこのまま残してある」

上着を下ろすと、服の上から変色部分を撫でる。

「私は三ヵ月ごとに手術を受け、体内のセルロースを摘出しなければ、臓器や血管が圧迫されて死ぬ。一回当たりの手術費用は締めて百万円を超え、その大半は税金と健康保険が賄っている。分かるかい？　今の私は生きているだけで社会のお荷物なんだ。それだけじゃない、このまま芽衣の研究が頓挫すれば、これまでかかった費用も全て水泡に帰す。そんな私の亡骸が、少しでも世のため人のためになるのなら、こんな体にも生まれてきた甲斐があったというものさ。失敗してもそれはそれ、少なくとも私に関わるコストの問題は解消されるわけだ」

「そんなの手垢《てあか》が付いた優生思想ですよ。制度を利用するからお荷物なんじゃない。蒔苗さんみたいな人を守るためにそういう制度があるんです」

僕は一歩も退くことなく、そんな自虐に異論を呈した。そうすることで馬鹿げた未来を思い直してくれると信じて。

しかし、そんな僕の反論すら予期していた素振りで、彼女は短く溜息を吐く。

「正論だな、そして同時に強者の論理でもある」

そして、僕に意味深な流し目をよこし、淡々と尋ねた。

「君が私を気にかけてくれるのは、私が若くて美しい女性だからだろう?」

「ふざけないでもらえますか！　僕は真剣に話しているんですよ！」

言葉にできない蟠《わだかま》りが頂点に達し、僕は声を荒らげた。

対する彼女は、じゃれる子犬でも窘《たしな》めているかのように、冷静に言葉を紡ぐ。

「私はいつだって君以上に真剣だよ。私の体内で生成されるセルロースは、手術で全て残らず取り除ける類のものじゃないんだ。一部は分子状態で全身を巡り、あちこちの細胞の酸素を取り込んで結合成長する。こんな風に」

そして次に、これまでずっと付けっぱなしだった手袋を取り、露になった左手を僕に見せてきた。

露になった左手は、小指側の三分の一ほどが腹部のように茶色くくすんでおり、妙に鋭角のある輪郭をしている。目を凝らしてじっと見ていた僕は、原因を認めて言葉を失った。

手の内側から肌を突き破り、小さな棘のようなものが突き出ているのだ。恐らくこれがセルロースだろう。痛みはなさそうだが、果たして突き破った瞬間も痛みはなかったのだろうか。いや、それを言うなら今まさに新たに肌を突き破ろうとする激痛に苦しめられているんじゃないか？

彼女が抱える病気の重みを、今日までの僕はほとんど深刻に捉えていなかった。これまでそういう態度を示していなかったこともあるけど、この人なら自分の奇病さえも知恵と機転で乗り切ってしまうのだろうと、無根拠にそう考えていた。

自分の思考の浅はかさに愕然としていると、手袋を付け直した彼女は、あくまでいつもの飄々とした態度で接する。

「私の体感的な目算だが、このまま定期手術を続ければ恐らく六〜七年ほどの延命は可能だ。その間に私の病気を治す手段が見付かる可能性も、まぁゼロではない。だがその頃には、私の肌は別人のようにみすぼらしいものになっていることだろう。肌だけじゃない。遠からず腕や脚を切り落とさざるを得なくなって、やがては顔にまで影響が及んで、ヒトとは思えないほど体の造りが歪《ゆが》んでしまっているかもしれないな」

「見た目が何だっていうんですか！　そんなの大した問題じゃ――」

「大した問題なんだよ、特に女として生まれた私にとっては。それが証拠に、君は先ほど、私の検体や変色した肌を見て露骨に顔を顰めたじゃないか」

思いがけない切り返しを受け、僕は寸時の硬直を余儀なくされてしまった。

まさか、この人は、ここまでの会話の展開を読んだ上で。

僕の反論を先んじて封じるために、疾患部位を見せつけたというのか？

「そ、それは……」

「責めているわけじゃない、成長途上の君には、容易に想像できないのも無理ないことだ。病気のせいで普通の食事や日常生活すらままならない人々の存在も、私が若くして醜く朽ちていくことも、所詮君にとっては遠い世界の出来事でしかないんだからね」

憂いの表情で息を吐く彼女に、僕は久々に反感を覚えた。

歯噛みで自制し、僕は精一杯の低い声で問い質《ただ》す。

「……じゃあ何ですか。想像できないから蒔苗さんが死ぬのを黙って見過ごせって、そんなことが言いたいんですか」

「そうだよ。というより、君はそうせざるを得ない。この世界では、正しい知識と想像力を欠いた人間に〝選択する権利〟は与えられない。そして同時に、そういう人間にほど優しくできているんだよ」

答えながら袖を戻し、アーロンチェアの上で優雅に脚を組む。

そして、無慈悲に審判を下す女王の如く、威風堂々とした居住まいで疑問の矛を僕の喉元へと突きつけた。

「納得できないというなら、想像してごらん。七年後、私が文字通りの醜い木偶《でく》の坊となり、このベッドに横たわる姿を。果たして君はそんな未来が訪れても、今のように変わらず私を慮《おもんぱか》ってくれると断言できるのか？」


その後、どういう経緯で僕が病室を後にしたのか、正確な記憶は定かではない、看護師がやってきて自然解散の流れになったのだと思うが、そんな些事を記憶する余裕がないほどに僕は上の空だった。

店に帰ることすら忘れ、覚束《おぼつか》ない足取りで病棟を後にした僕は、呼び止める声によってようやく我に返った。

「君、ちょっと時間いいかな」

顔を上げると、そこには先刻見かけた白衣姿の式見芽衣さんがいる。たった十分ほど前の話なのに、式見さんと出会ったのは何日も前のことかのように思えた。

僕は背筋を伸ばし、式見さんに向き合う。

「式見さん、ですよね。僕に何の用ですか？」

「もちろん、蒔苗のことだよ」

僕が式見さんに主導されるまま、中庭のベンチに並んで腰かけた。

事態の把握もままならないまま、式見さんは僕に質問をぶつけてくる。

「君のことは蒔苗から聞いてる。それで、羽斗くんはどこまで知ってるの？」

それは言外に、式見さんも彼女の自然死の件を知っていることを意味している。

苦虫を嚙み潰したような思いで、僕は言葉を絞り出す。

「今回の検体で成果が上がらない場合、手術を拒否して死ぬというところまでは」

「ほとんど全部知ってるんだね」

「知ったのはついさっきですよ」

素っ気なくそう言うと、式見さんは悲しげに目を伏せた。

「そっか。じゃあ、蒔苗は本気なんだ」

「式見さんなら止められるでしょう？　適当に『成果が上がった』だとか言えば、蒔苗さんは死なないで済むじゃないですか」

蒔苗さんの命を諦めたような式見さんの言い草が、僕の癇に障った。僕と違って知識も経験も豊富な式見さんなら、思い留まらせる方法などいくらでも思いつけるはずなのに。

しかし、僕の甘い考えは、それこそ式見さんが何度も通った道なのであって。

「ダメだよ。並大抵の女子大生なら言いくるめられても、蒔苗は頭がいい。具体的に何がどう進展したかを訊かれて、矛盾なく答えられる自信は私にはない。そんなことしても余計に蒔苗を傷付けるだけだよ」

下の名前で呼び、こうしてわざわざ僕を呼びつけるところを見ると、式見さんは彼女に対して仕事の付き合い以上の特別な想いを抱《いだ》いているのだろう。そんな式見さんを、真意がどうあれあの人は冷たく突き放してしまったのだ。何とかしたくてもどかしいのは、きっと式見さんも同じだ。

横目で僕を見る式見さんの瞳には、諦観の色が滲んでいる。

「それにね、蒔苗は何を言っても、多分もう思い直さないよ。君と今の関係を築いてしまったのがその証拠」

「……どういう、ことですか」

何でそこで僕が出てくるんだ。

我知らず言葉に険が伴うも、対する式見さんは落ち着いた声音のまま。

「蒔苗の体内のセルロースはね、膵臓の働きで特殊に変異した糖分子が、体内酸素と反応することで生成されるの。つまり心拍数が増大して酸素を運ぶ血液の供給量が増えれば、それだけ体が早く蝕《むしば》まれる……ここまで言えば分かるよね？」

心拍数の増大。運動、高血圧、それ以外には……緊張？

「蒔苗さんは……恋をすると、死ぬ？」

馬鹿げた結論だと思いながら式見さんに視線を遣ると、彼女は笑うでも呆れるでもなく、ただつらそうに俯《うつむ》くばかり。

即座に僕は異を唱えた。いくら何でもそんな事実、認められるわけがない。

「そんなのありえないですよ！　僕はただの花屋のバイトで、蒔苗さんにとっては暇潰しの遊び相手に過ぎないんですから！　たったそれだけのことで、蒔苗さんが本当に死を覚悟してるなんて、いくらなんでも飛躍しすぎ――」

「たったそれだけのことが特別なんだよ、蒔苗にとっては」

式見さんは僕の言葉を遮り、きっぱりと断言した。

腹の虫が収まらない僕を差し置き、式見さんは一方的に話を進める。

「蒔苗の肌が少しずつ変色していることは、知ってる？」

不承不承ながら頷くと、式見さんは別の質問をよこす。

「それじゃあ、蒔苗の高校生時代の話は？」

「えっ？　蒔苗さんって、ずっと入院生活じゃなかったんですか？」

「やっぱりそこは話してないか。じゃあここから先は、オフレコでお願いね」

式見さんの座り直す仕草を見て、僕はここから先の話の重要性を察した。

式見さんは深く息を吸い、滔々と語り始める。

「蒔苗はね、二年生くらいまでは高校に通っていて、友達もいたの。激しい運動はできなかったけど、学校に友達もいて、文芸部にも所属して、華の女子高生を満喫していたんだって。入院はあくまで手術が必要になった時だけで、むしろ病院嫌いだったみたい。『病死上等、今が楽しければそれでいいじゃん』的な」

「ちょっと想像できないですね……」

僕は呆《ほう》けたように呟いた。あの女王様が制服を着て登校する姿も、クラスメイトと馬鹿騒ぎする光景も、見事に僕の想像の埒外だ。もっとも違和感があるのは僕のクラスメイトと重ねているせいもあるんだろうけど。

視線で促す必要もなく、式見さんは話を続ける。

「それでまぁ、女子高生らしく付き合っていた男の子もいたんだけどね。その子とふたりきりになった時、変な雰囲気になったらしくて、彼に強引に服を脱がされて脇腹を見られちゃったの。硬化変色が特に激しい所をね。それを見た彼は不快そうな顔をして……有り体に言うなら萎えちゃったんだろうね。結局、それ以上の事に発展しなかったのは不幸中の幸いかもしれないけど」

脳の片隅が、チリッと灼《や》けるように感じた。

これまで僕は自分の現状に不満を抱くことはあっても、他人に怒りを抱くことはあまりなかった。それは別に温厚な性格だからではない。他人は簡単に変わらないから怒っても意味はない、順応するか環境を変える努力をする方がよっぽど生産的……ただそれだけの話だ。

だから僕は今、自分のことながら驚いていた。

名前も顔も知らないその男に、激烈な怒りの感情——殺意を抱いていたことに。

語る式見さんも同じ気持ちらしく、微《かす》かに顔を顰めている。

「病状の悪化も覚悟で男の子に恋をして、その人に同意なく押し倒されて、しかも一方的に幻滅されて……蒔苗は『男って本当クソだよな』って笑いながら言ってたけど、トラウマになっていない方がおかしいと思う。事件の夜に緊急入院してから、学校を中退してすっかり病院の外に出ない生活を選んだんだから。そんな蒔苗が、このタイミングで男子高校生の君と特別な関係を築いたことに理由があるのなら、それはひとつしかないよ」

式見さんは僕に顔を向け、真剣そのものの表情で言い切った。

「死ぬ前にもう一度恋をしたかった。君は、蒔苗の最後の恋人に選ばれたんだよ」

「ふざけないでください！」

気付けば僕は、ベンチから立ち上がっていた。

周囲の人が一斉に僕に注目した気配があったが、そんなことはどうでもよかった。ゲームが終わってからずっと僕の中で蟠り続けた気持ちを、何らかの形で吐き出さずにはいられなかった。僕と彼女の関係なんか何も知らない癖に、今日僕と初めて会った式見さんが何を利いた風なことを。

座したままの式見さんを見下ろし、僕は声高に問い詰める。

「そんなの式見さんの勝手な推測じゃないですか！　仮にその推測が当たっていたとしても、蒔苗さんが男にトラウマを植えつけられたのなら、式見さんこそがその相手だって可能性の方がよっぽど高いでしょう！」

「それは私もちょっと期待したよ。本当にそうならよかったんだけどね」

式見さんの言葉は静かなのに、僕の大声よりもずっと耳に残る響きがあった。

肩で息をする僕を、式見さんは穏やかに見上げる。その瞳に大声を発した僕への不快感はなく、どこか羨望めいたものが宿っているように思える。

「蒔苗は私のことを、せいぜい気の置けない親友くらいにしか思ってないよ。君は知らないだろうけど、リモート通話で打ち合わせする時、蒔苗はいつも君のことを楽しそうに話しているんだよ。こっちが嫉妬しちゃうくらいにね」

僕は再び語気荒く反論しようと口を開けたが、肝心の言葉が出てくれなかった。

やむなく口を閉じた僕は、荒っぽくベンチに座り直し、捨て鉢に尋ねる。

「そんなことを話して、僕にどうしろっていうんですか」

対する式見さんは、すっくと立ち上がって僕の正面に立った。

見上げる気にもなれずうなだれる僕に、式見さんは構わず言葉をかけてくる。

「君にできる範囲でいいから、蒔苗の気まぐれに付き合ってあげて。それで、一緒に楽しい思い出をいっぱい作ってあげて。蒔苗がこの先どんな道を選ぶにしても、それが蒔苗にとって一番の救いになるはずだから」

返事も待たず、別れの挨拶もなく、式見さんが去って行く気配だけを感じた。

しばらく僕は、花屋での仕事のことも忘れ、その場に俯いて座り続けていた。


その日の夜、僕は日付を跨《また》いでも寝つけずにいた。

あのあと店に戻った僕は、何事もなかった風を装い、進んで力仕事に取り組んだ。頭は一切の整理がついていなかったが、誰にもそのことに触れられたくなかった。体を動かせば多少は気が紛れてくれたが、こうして部屋でひとりになれば、結局元の木阿弥《もくあみ》だった。

明日も学校があるから、早く眠って体力を回復しなければならない。張り切って仕事をしたせいで体も疲れ切っている。それなのに一向に睡魔がやってこないのは、きっと僕が無意識に締め出してしまっているせいだ。明日が来ないでくれと、あの人の寿命を削らないでくれと、そう願っているせいだ。僕が眠らないことによって世界に与えられる影響なんて何ひとつないのに。

——君が私を気にかけてくれるのは、私が若くて美しい女性だからだろう？

あの時ノーと言えれば、少しは違う未来があったんだろうか？　……恐らく結果は変わらなかっただろう。僕の認識など関係ない。問題は彼女自身の、そして社会全体の共通認識なのだから。

ルッキズムなんて下らない、大切なのは中身。そんな二者択一で悦に入っている人間の一体どれほどが、外見ではなく中身で全ての物事を判断していると言えるのだろう。

動物と人間の友情が感動を生むのは、動物が人間にとって庇護《ひご》欲を掻き立てられるかわいらしい姿をしているからだ。AIと人間の間に愛情が生まれるのは、劇中でAIが美形の人間の姿を模しているからだ。虫や植物との絆《きずな》物語なんて一笑に付されるだけだし、CPUや水槽脳やペッパーくんとの恋物語なんて誰も見向きもしない。

美女と野獣は、醜い野獣に〝美女〟が寄り添えばこそ名作たり得るのだ。『世界中が敵に回っても君を愛する』なんて格好いい台詞を吐いたところで、交通事故で恋人の顔面が醜く潰れてしまえば、百年の恋も一瞬で醒《さ》める。

いや――僕の認識が関係ないなんてのは、それこそ醜い現実逃避だ。

意図的に避けていた仮定に、僕は想像を巡らせる。もしあの女王様が、冴えない容姿の中年男性だったら、僕はきっと……否、間違いなくここまで彼女に心惹《ひ》かれることはなかった。たとえ同じ言葉で同じ接し方をしてくれていたとしても、僕の方から積極的に関わろうとはしなかった。

その自覚があって、そしてそれを見透かされているから、あらゆる言葉が気休めにすらならなくて、もどかしいんだ。

僕には分からない。彼女と少しずつ心を通わせていると浮かれていたのは、僕の独りよがりだったのだろうか。

『二十の質問ゲーム』は、僕が真実を知り、正しい選択ができるようになるために始められた。真実を知った結果がこれなら、最初から何も知らない方がよかったんじゃないか。たとえそれであの女王様が、僕の与《あず》り知らないところで死ぬことになったとしても、最後まで生温いお遊びの関係で居続けられた方が、よっぽどマシだったんじゃないか。

もし、今日の僕の選択に、何か誤りがあったというなら。

僕が取るべきだった〝正しい選択〟は、一体何だったんだ。

「……僕にどうしろってんだよ、クソ」

悪態を吐き、僕は青臭い臭気を盛んに発する忌々しい観葉植物を睨む。

あの植物を形作っているのと同じものが、あの人の体を蝕んでいる。そう思うと、僕は無性に腹立たしくなった。

ベッドから起き上がり、苛立ちに任せてアルテシマの葉を引きちぎる。プチッ、という手応えと共に、手のひらほどの大振りの葉が茎と分かたれる。

存外、それは気分がいいものだった。

第五章 HERBICIDE

桑畑生花店のドアベルが涼しげに鳴り、バックヤードで作業中の桑畑店長は声を張り上げた。

「いらっしゃいませー！」

足早に店先に出向くと、そこにいたのは四十代半ばほどの女性だった。

ビニール袋を提げ、途方に暮れたように眉尻を下げた彼女は、消え入りそうな声で桑畑に尋ねる。

「すみません、店長さんはいらっしゃいますか？」

「はい、僕が店長ですが、何か御用ですか？」

桑畑が答えると、女性は手に持ったビニール袋を恭しく差し出した。

「私、有坂羽斗の母です。店長さんには息子がいつもお世話になっておりまして。こちら、つまらないものですが……」

「あぁ、有坂くんの！　いえ、こちらこそ彼にはよく働いてもらっていて、いつも大助かりですよ」

桑畑はにこやかに応じ、感謝の言葉と共に差し入れを受け取った。

羽斗の母親は桑畑の顔を遠慮がちに覗《のぞ》き込み、低めた声で尋ねる。

「それで、あの子のことなんですけど……店長さんから見て、何か気になることはありませんでしょうか?」

「気になること? いえ、仕事では至って普段通りですが、何かあったので?」

キョトンとした様子で桑畑が答えると、憂いの表情で目を伏せる。

「そうですか。実は最近、家での羽斗の様子がちょっとおかしくて。大事に育てていた観葉植物の葉をむしり取ったり、夜更かしして朝に起きるのが遅くなったり、朝ご飯を抜いてお弁当も残すようになったり……これまでそんなことなかったのに、どうして急にこうなっちゃったんだろうって不安になって……」

桑畑は口元に手を当てて暫し黙考し、ややあって口を開く。

「ふむ……やはり僕の方から思い当たる節はありませんね。学校の方で何かあったんじゃないでしょうか?」

「ええ、そう思って担任の先生に電話で訊いてみたんですけど、やっぱり心当たりは何もないみたいで。成績や素行に問題はないし、いつも物静かで誰かとトラブルになった様子もないと。ここ数ヵ月で変わったことといえば、こちらで働くようになったことくらいですから、思い切ってお邪魔させていただいたのですが……」

「なるほど。まぁ、高校生くらいの男の子なら、気難しくなる時期もあるでしょう。今はそっと見守ってあげればいいと思いますよ」

桑畑は敢えて楽観的にそう助言したが、母親の顔はやはり晴れない。

そわそわと落ち着きなく身動きしながら、尚も不安げな言葉を発する。

「そういうものでしょうか。羽斗って反抗期もない大人しい子だったから、どうしても気がかりで……そういえば羽斗の仕事って、具体的にどんなのですか？」

「花卉《かき》農家さんから納入された植木鉢を整理したり、水やりや土の手入れをしたり、僕が外している時は代わりに接客対応や店舗の掃除を任せたり、いろいろですね。花屋って意外と力仕事が多いので、貴重な男手の有坂くんには感謝しているんです。最近は注文配達も請け負っているので、近所の場合は自転車で納品してもらうこともありますね」

桑畑の言葉で、何か引っかかるものがあったらしい。

母親はハッと顔を上げ、桑畑に尋ねる。

「配達……ひょっとしてその時、羽斗がお客さんから何かクレームを付けられたということは？」

「いえ、その可能性は低いと思いますよ。何かトラブルがあったらすぐ伝えるよう言い聞かせていますし、ウチのお客さんはほとんど顔見知りのリピーターですから。有坂くんがいつも届けている人も、僕が電話で注文を受けている限り特段の問題があるようには――」

「羽斗がいつも花を配達している人がいるんですか？　一体どんな人なんですか？」

耳聡《みみざと》く聞き咎めた母の詰問を、桑畑は愛想笑いでやり過ごそうとする。

「いやぁ、流石にそれは言えませんよ。お客さんの個人情報なので、守秘義務が――」

「お願いします！　どうかその人のこと私に教えてください！　もしかしたら何か羽斗について知っているかもしれないんです！」

母は今にも胸ぐらに摑みかかって来かねない勢いで、そう捲し立てた。

その剣幕に圧倒されながらも、桑畑は懸命に彼女を説き伏せようとする。

「そっ、そうは言われましてもねぇ、そもそも関係があると決まったわけでもないでしょう。どうしてもというならまずはお母さんから息子さんに――」

「ダメなんです。あの子、私が何かあったか訊いても全然答えてくれなくて、もう店長さんしか頼れる人がいないんです」

羽斗の母は肩を落とし、洟《はな》を啜《すす》りながらそう言った。

子を持つ母が意気消沈する姿に、桑畑の心がズキリと痛む。

訥々《とつとつ》と言葉を紡ぐ母親の足元に、一滴の雫《しずく》が落ちる。

「私事になりますが、私の夫は二年前に他界しているんです。それからというもの、私は羽斗の幸せだけを願って生きてきました。大袈裟《おおげさ》に聞こえるかもしれませんが、羽斗は私にとって、最後の生きる希望なんです。もし、羽斗が心や体を病んで夫の後を追うようなことがあったら、私……もう生きていける自信がなくて……」

母親は顔を上げ、涙に濡《ぬ》れた顔で桑畑に希《こいねが》った。

「お願いします、絶対にお客さんや店長さんに悪いようにはしません。私はただ、その方に少し羽斗についてのお話を伺いたいだけなんです。どうか前向きにご検討いただけませんか」

さながら神にもすがるような態度でそう乞われ、頭ごなしに断れる人間が、果たしてこの世にどれほどいようか。

桑畑は口元を引き締め、神妙な面持ちで頷いた。

「……分かりました。そういう事情があるのでしたら、やむを得ませんね」

頭を上げた母親に、桑畑は寂しげに笑ってみせる。

「実は僕の兄も、若くして心を病んでこの世を去っておりまして。お母様の苦悩や懸念は、僕にもよく理解できているつもりです。あまり大きな声では言えませんが、こういった融通を利かせられるのも自営業の特権ですからね」

「ありがとうございます。本当に……恩に着ます」

声を詰まらせて深々と頭を下げる母親に寛大に微笑み、桑畑は早速レジ裏に保管されていた注文請書を引っ張り出した。

「有坂くんがお花を届けているお客様は、入院中の園生蒔苗さんという方でして、病院名は――」


薄暗く、だだっ広い部屋の中、僕は髭面の店員からカウンター越しに一本の手斧《ておの》を受け取った。

「兄ちゃん、若いのに珍しいねぇ。訳アリかい？」

「ええ、まぁ、あったりなかったり」

初めて持つ斧は小振りでもずっしり重く、気を抜くと取り落としてしまいそうになる。寓話で木こりが泉に落としてしまったのも頷ける話だ。

彼女の話を聞いてからというもの、どれだけ勉強や仕事に邁進しても僕の気分は一向に晴れてくれず、唯一の楽しみであるはずの外食さえも食がほとんど進まないという有り様だった。

何か他にいいストレス発散法はないものかと、グーグル先生にお伺いを立てたところ、僕はこの斧投げカフェの存在を知った。カラオケやゲームセンターは同級生や見回りの教師と鉢合わせしそうで敬遠していたが、こんな擦れた雰囲気の場所なら、そうそう出くわすこともないだろう。高校生が来るには料金も高いし。

一組分ずつ仕切られた木製の壁には、深々とした傷が幾つも付けられている。単なる雰囲気作りの一環だと思いたいが、仮に利用者の投げミスだとしたら一体どれほどのノーコンなのか理解に苦しむ。同伴者が重傷を負ってないといいんだけど。

視線の先には五つの同心円と、赤い中心点が書かれた木製の的がある。斧を上段に構え、まずは一投。ブォンと空気を裂く音と共に斧が舞い、刃が的に深々と突き刺さる。

的の中心からは大きく外れてしまったものの、これは確かになかなか気分がいい。刺さった斧を引き抜き（結構力が要った）、僕は再び的に相対する。

ダメだと分かっていても、想像してしまう。この斧であいつを消せたらどれだけ気分がいいだろうと。

見てもいないはずの情景が、脳裏に浮かぶ。

部屋の中であの人を強引に押し倒す男、彼が去った後でひとり静かに涙する姿、彼女を泣かせた張本人は翌日にはすっかり忘れて教室でバカ騒ぎし、そして今ごろ大学で他の女と――

脳の片隅が灼けるように感じ、手斧を上段に振りかぶる。

「死ね――」

「あぁぁぁ死ねぇぇぇぇこのクソ共がぁぁぁぁ!!」

突如、真横から聞こえた絶叫に、僕の手元は見事に狂ってしまった。

中途半端に投擲《とうてき》を中断しようとしたため、手斧は斜め左に飛び、レーンの仕切り壁に突き刺さる。この店のノーコン伝説に新たな一ページを刻んでしまった。壁がなかったら一体どうなっていたことかと、僕は胸を撫で下ろす。

僕は再投もそっちのけで自分のレーンを離れ、隣のレーンを覗き見る。

そこには僕と同じくらいの年頃の女の子が膝に手をつき、全力疾走後のように息を切らしていた。斧は見事に的の中心に突き刺さっていて、僕は小さく感嘆の声を上げる。

自分の大声を今さら自覚したのか、慌てて振り返った少女が僕の存在に気付き、照れた様子で謝ってきた。

「あっ、すみません、つい興奮して大声を……」

「いえ、まぁこういう場ですから……あれ？」

よく見れば少女が着ている制服は、ウチの女子生徒のものだ。カールした癖毛と無骨な丸眼鏡も、どこかで見たことがあるような気がする。

記憶を辿り、僕は問う。

「君、もしかしてウチのクラスの……榊原さん？」

瞬間、少女の顔色がサッと青くなった。頭を下げることに必死で、僕の制服にも気付いていなかったようだ。

凍りついたかのように首をゆっくり動かし、彼女はようやく僕の顔を見る。

「……有坂くん？」

無言で頷くと、榊原さんは頭を抱えて半狂乱に陥った。先ほどの絶叫がかわいく思えるほどの大声で、僕はひどい耳鳴りに苛まれてしまう。

「ウギャー！　最悪最悪最悪！　何で有坂くんがこんな所にいるのぉ⁉　斧投げカフェ

なんて健全な高校生が来る場所じゃないでしょ！　行くなら友達と一緒にラウワンとかモールとかでしょ普通！　何て嘆かわしいこの孤独なストレス社会！」

「榊原さんだって来てるじゃん。ストレス溜まってるの？」

耳を塞ぎながら、険しい表情の店員が控えるカウンターを顎でしゃくったことで、榊原さんはようやく落ち着きを取り戻してくれた。

榊原さんは対照的なほどに声を潜め、おずおずとした上目遣いに僕を見てくる。

「あ、あの……私がここに来たこととか、さっきの発言とか、どうか学校のみんなには内密にしていただけると……」

「誰にも言わないよ、言う友達もいないし」

自分のレーンに戻った僕は、仕切り壁に刺さった手斧を引き抜いて提案した。

「黙っている代わりっていうとアレだけど、一緒に話でもしながら投げない？」

榊原さんは結構な頻度でこのカフェに通っているようで、斧投げのコントロールはもちろん投擲フォームまで非常に洗練されていた。

僕が見ている間に早くも三投目をしたが、ふたつ目の円より外側に命中することがほとんどない。大会に参加したらいい線いきそうだ。あればの話だけど。

　交代で黙々と投げている僕はといえば、最大円の内側に入れることすらままならないという有り様だ。しかし榊原さんはそれを笑うことも、自分の腕を誇ることもせず、怯《おび》えた目で僕を見るばかり。

「あの、私、実はそんなに手持ちがなくて……」

「いや、口止め料なんて巻き上げないから」

　僕が即座に否定しても、榊原さんの表情から不安は消えない。

「え、エッチなお願いとかも勘弁してもらえたらなぁって……」

「君は僕のことを何だと思ってるの？」

　棘を込めて僕が切り返すと、榊原さんもまた機嫌を損ねた様子で吐き捨てる。

「そう、いいよ、どうせ私なんて魅力ゼロのクソブス女ですよ」

「うわっ、めんどくさ……」

　何て答えるのが正解だったんだ。やっぱり関わるべきじゃなかったかもしれないと思いつつ、僕はなけなしの意地で水を向ける。

「本当にちょっと話を聞きたいと思っただけだって。大人しい印象の榊原さんが、こんな所にいるのは意外だったから」

「別に語るほど面白い内容でもないけど」

喋りながら榊原さんは流れ作業よろしく手斧を振りかぶる。

トンと小気味よい音を立て、やはり手斧は的の中心近くに刺さる。

「ほら、私って生まれつきこういう縮れ毛だから、結構クラスの女子にいじられるでしょ？　チン毛みたいだとか何とか。逆切れされるのも面倒だから適当に笑ってやり過ごしてるんだけど、私にとっては昔からのコンプレックスだから、いい気はしないんだよね。もちろんどうにかして直そうともしてるんだけど、髪質の関係でなかなか上手くいかなくて」

「なるほど、それでこの的をクソ共の顔に見立ててスローインしていたわけだね」

「顔に見立てたりなんてそんな怖いことは……まぁ、あるんだけど……」

やっぱりあるんじゃないか。責める気は毛ほどもないけど。

慎重に狙いを定める僕を、榊原さんは物珍しげに目を眇《すが》めてくる。

「っていうか、私からすれば有坂くんがいる方がびっくりなんだけど。学校で何かトラブッてる印象もないし」

「学校の方は何も問題ないんだけど、家の方がちょっと。スピリチュアルライクなオーガニックライフ的なサムシングがブームインマイマザーで」

「あぁ、大体事情は分かったよ。有坂くんも大変だね」

榊原さんの投げを見たおかげか、ようやくコツを摑めてきた気がする。とはいえようやく円の内側に命中するレベルだけども。

揃って的から斧を引き抜きながら、榊原さんは憂鬱そうな溜息を吐く。

「嫌になっちゃうよ。何で私たちがこんな風に、お金をかけて人目を忍んでストレス発散しなきゃならないんだろうね。私たち、何も悪いことしてないのに」

恐らく『そうだね』という気休めの相槌を打てばよかったんだと思う。はぐれ者同士で愚痴を言い合い、傷を舐《な》め合えれば、榊原さんにとってはそれで満足だったんだと思う。

だけどそれは、僕にとっての正解ではない。一時の上っ面の同情心なんて、結局人生において何の役にも立ちはしないのだ。

「嫌なら嫌って言えばいい。報復が怖いなら腕力を身に付ければいい。仲間外れにされたくないなら、より多くの人間を味方に付ければいい。それができないのは、榊原さんに力がないからだよ。『嫌だ嫌だ』といくら心の中で思ったところで、思うだけじゃ周りは何も変わらない」

「そんなの、言われなくたって分かってるし！」

榊原さんは僕の言葉を遮るように大声を発し、力任せに手斧をぶん投げた。ヤケクソとも思える斧の一投は、意外にも一直線にレーンを縦断し、木屑を散らして中心の赤点に直撃した。しかし榊原さんはそれを喜ぶ素振りも見せず、怒気も露に僕に食いかかってくる。

声を荒らげる榊原さんの目には、涙が浮かんでいた。

「それができたら苦労しないって話でしょ⁉　『勇気を出せば世界が変わる』って、人の平和な日常を平気で踏み荒らしてくる奴らのために、何で私がそんなリスクを冒さなきゃならないんだよ！」

「そうだね、榊原さんがリスクを冒すのは間違ってる。だけど榊原さんのリスクは、必ずしも君ひとりに強いられる類のものじゃない」

僕の言葉の意味を、榊原さんは暫し量りかねているようだった。

的に刺さった榊原さんの斧をじっと見据えたまま、僕は彼女に尋ねる。

「榊原さん、僕に賭けてみる気はない？　ちょっとした策があるんだけど、実行するには榊原さんの協力が必要なんだ。危険な目には遭わせないし、成功すれば君の学校生活が少しはマシになるかもしれない」

「え？　きゅ、急に言われても……何でいきなりそんなことを？」

手斧を肩の高さに持ち、投擲。今回は素直に手元を離れてくれた。

生憎、僕の斧が的に刺さることはなかった。代わりに榊原さんの斧の柄に命中し、その衝撃で僕の斧もろとも的から抜け落ちてしまう。けたたましい金属音を立てて床に落ちた二本の手斧を見つめ、僕は呟いた。

「僕にも、ちょうど確かめたいことがあるんだ」

昼下がり、病室のパソコンで論文の和訳作業に勤《いそ》しんでいた園生蒔苗は、右手の刺すような疼痛《とうつう》に顔を顰めた。ここ最近、痛み止めの効きが悪くなっている。薬がなければ満足な生活が送れないというのは、自分の不完全性を突き付けられているようで惨めだ。

早いところ永遠にこの痛みから解放されたいのは山々だが、現在受けている仕事を投げ出すわけにはいかない。冷蔵庫からペットボトルの水を取り出し、鎮痛剤を手のひらに乗せたところで唐突に病室のドアが開かれ、蒔苗は服薬を中断した。ノックも呼びかけもなかったから、看護師でないことは相手を見る前に察した。認知症気味の老人などが間違えて入ってくることもあるため、特段珍しいことではない。

　しかし、視線の先にいた人物を見て、蒔苗の眉が訝るように動いた。

「こんにちは、初めまして。園生蒔苗さんですね？」

　仕立てのいいカーディガンとロングスカートを身にまとった中年の女性だった。

　立ち居振る舞いもしっかりしていて、何か明確な目的を持ってここを訪れたことが窺える。

　名を呼ばれた蒔苗だったが、彼女との接点の心当たりはない。

「ええと……すみません、どなたですか？」

　ノックもなく中に踏み込まれたことに警戒心を抱きつつ尋ねると、女性は両手を体の前で合わせて一礼した。

「私、有坂羽斗の母です。息子がよくお世話になっているそうで」

「あぁ、羽斗くんの。今日はまたなぜここに？」

　朗らかに相好を崩した蒔苗だったが、その質問に対する回答はなかった。

　本棚や植木鉢が雑多に置かれた病室を物珍しげに眺め、羽斗の母親は逆に蒔苗に問いかける。

「病室としては随分と風変わりですけど、園生さんは、入院生活はもう大分長くていらっしゃるの？」

「ええ、まぁそれなりには」

「それは何と、お気の毒なことですね」

声音は平坦《へいたん》で、社交辞令であることを隠そうともしていない様子だ。

クレマチスの植木鉢に目を遣る母親の表情は、蒔苗からは窺い知れない。

「羽斗はよくここに、お花を配達しているそうですね。何か羽斗がご迷惑をおかけしたというようなことはありませんか？」

この質問のために母親がここを訪れたのだと、蒔苗は直感した。

蒔苗は努めて頬を緩め、物腰柔らかに羽斗への褒め言葉を並べる。

「いいえ、とんでもないです。いつも指定した時間通りに配達してくれますし、気の利いた素直ないい子ですよ。ここに来た時は私とのお喋りにもよく付き合ってくれて――」

「園生さん、あなたは本当に随分と、羽斗と親密にしていらっしゃるのですね？」

背を向けたまま、羽斗の母親は蒔苗に問い質した。

蒔苗が口を噤んだことで、病室に居心地の悪い沈黙が下りる。

母親は続けざまに蒔苗に詰問する。

「不思議ですね。羽斗とあなたは、ただの店員と客という関係でしょう？　同世代というわけでもないあなたが、なぜ羽斗と仲よくする必要があるんですか？」

もはや母親の敬語が惰性の産物でしかなく、蒔苗に対して完全に敵意を燃やしていることは火を見るより明らかだった。

本能的に身の危険を感じた蒔苗は、僅かながら母親との距離を取る。ズキズキと痛む手を庇《かば》いながら、牽制《けんせい》の意味も込めて再度はっきりと尋ねた。

「あの……お母さん、今日は私に何の御用なんですか？　私のことを、一体誰から聞いたんですか？」

頑《かたく》なに蒔苗の方を見ようとしなかった母親が、ようやく緩慢な仕草で振り返る。

場違いなほどの満面の笑みが、彼女の顔に張り付けられていた。

「質問しているのは私ですよ、園生蒔苗さん？」

菊池《きくち》さんが使用しているヘアクリームの商品名を調べること。そして、僕が指定した日に榊原さんが学校を休むこと。

榊原さんの学校生活を改善するという目的のため、僕が彼女に出した指示はそのふたつだった。

榊原さんは意図が分からず困惑しているようだったが、簡単な指示だったこともあってか、深く追及されることはなかった。菊池さんが使用しているものと同じヘアクリームをネット通販で購入した僕は、適当に中身を捨てて量を調節し、同時に調達したあるものを投入して念入りにかき混ぜる。幸いどちらも似たような見た目で匂いも弱いため、手のひらに載せた僅かな量でバレることはないだろう。

そして榊原さんが休んだ日、僕は作戦を決行した。体育の授業中にトイレという名目でこっそり抜け出し、教室に戻って菊池さんの鞄を確認する。思った通り、更衣室にヘアクリームを持って行ってはいなかった。僕は菊池さんのヘアクリームを回収し、代わりに今日持ち込んだ同じ商品とすり替え、そのまま何食わぬ顔で授業に戻る。

体育後の休み時間中、菊池さんが何の警戒もせずにヘアクリームを塗りたくっている姿を見て、僕は作戦の成功を確信した。

異変は昼休みが終わる頃に訪れた。髪を梳《す》くたび、菊池さんの髪の毛が不自然なほどに抜け落ちていく。最初は仲間内で笑い飛ばしていたものの、彼女たちの表情が恐怖の色に変わるまでは、そう長くかからなかった。

「あぁっ！　クソッ、何なんだよこれぇっ⁉」

菊池さんの絶叫で、クラスメイト全員が彼女に注目する。

菊池さんの右側頭部の辺りの髪はごっそりと抜け落ち、艶やかで豊かな黒髪は、頭皮がうっすらと見えるほど薄くなってしまっていた。

菊池さんの取り巻きの女子たちが、取り乱した様子で口々に言う。

「な、なんか変だよ、エミ！　保健室行こう！」

「いやもう早退でしょ早退！　先生には私から言っておくから！」

「ちょっと男子、こっち見んな！」

蜂の巣をつついたような騒ぎの中、菊池さんは取り巻きに囲まれながら涙ぐんで荷物をまとめ、足早に教室を去る。普段あれほど居丈高に振る舞っているのが嘘のような有り様だった。

次の日、菊池さんは果敢にも登校してきた。周りの髪を無理やりサイドテールにまとめ上げ、禿《は》げた部分を目立たないように工夫しているが、やはり慣れていないようで不自然だ。何よりその顔は今にも泣き出しそうなほどに憔悴《しょうすい》し切っている。

昨日休むよう僕に言われていた榊原さんは、いつもと違う菊池さんの姿と態度に、目を丸くして驚いていた。説明を求める視線を敢えて無視し、僕は菊池さんの観察に徹する。

身も蓋もない話をするなら、榊原さんのことなんて、もはやどうでもよかった。

席に座る菊池さんを取り囲み、友人らが気遣いの言葉を次々にかけている。

「大変だったね、エミ！」

「何か心当たりとかないの？　ストレス溜まってるとか？」

「困ったことあったらどんなことでも言ってよ！　私、マジで力になるから！」

意気消沈していた様子の菊池さんが、励ましの言葉を受け、蒼白《そうはく》な顔に少しずつ血色が戻っていく。

ややあって菊池さんは立ち上がり、感極まった様子で目元を拭うと、友人たちに頭を下げた。

「ありがとな。お前らみたいな友達がいて、本当によかった」

その時、菊池さんのサイドテールが頭の動きに従って垂れ、その下に隠れていた脱毛部分が衆目に晒されてしまった。

全員の視線が、示し合わせたように一点に集約される。

そして、その直後。

「……プッ」

それは微かな、それこそ昨日までであれば、誰の意識にも残らないような。

しかし今日に限っては、教室中に聞こえるほどの——確かな嘲笑。

その時の菊池さんの表情を、一体どう表現したものか。羞恥、悄然《しょうぜん》、悲愴《ひそう》、激昂《げっこう》……どれほど言葉を尽くしても足りないだろう。

ただ、強いて最も的確な一言を挙げるとすれば。

それは間違いなく、〝絶望〟だった。

結局、彼女たちはそれ以上の言葉を交わすことなく、菊池さんは再び早退を決め込んでしまった。今度は誰ひとり、教室を去る彼女に声をかけなかった。

菊池さんがいなくなった後、取り巻きの友人たちは早速犯人捜しを始めた。

「ちょっと、さっき笑ったのカナでしょ⁉　いくら何でもひどくない⁉」

「はぁ⁉　何言ってんの、どう考えても私じゃないし！　そう言うミッチーが犯人なんじゃないの⁉」

「やめてよ、喧嘩しないで！　私たち以外の誰かだったかもしれないじゃん！」

「ほんっと、信じられない！　傷付いてるエミをあんな風に笑うなんて！」

わざと周囲に聞こえる大声で糾弾したり憤ったりしている姿は、僕の目には友人を傷付けられた義憤というより、自分の無実と誠実さをアピールするためのものであるように見えてならない。

疑心暗鬼の渦は、ある発言によって潮目を変えた。

「んー……でもさ、確かにちょっとだけ気持ちは分かるよ。いや、私じゃないよ？　私じゃないけど、正直私もちょっと危なかったし」

誰も聞いていないのに断りを入れた女子生徒は、口元を手で覆い、言った。

「だってさ……ハゲじゃん、エミ」

あれほど血気盛んに憤っていたのが嘘のように、彼女たちは目配せを交わすと、ポツリポツリと同調の意を示す。『あ、もうみんなそっちの方で行く感じ？』という心の声が聞こえてくるようだ。

「あー、ね……それはそう」

「まぁね、ハゲはね……流石にないよね」

「ちょ、ちょっとさ、私たちがそんな風に思ってたらエミが可哀想《かわいそう》じゃない？」

異論を呈したのは小柄な女子生徒ひとりだけだった。彼女の精一杯の愛想笑いを見るだけでも、その一言に相当な勇気を振り絞ったことが窺える。

そんな彼女の勇気は、しかし一度傾いた天秤《てんびん》を戻すには至らなかった。

「でもさぁ、それってエミの自業自得じゃん？　ストレスをちゃんとコントロールできてないからああいう風にハゲちゃったんだし……ふふっ」

「ってか、あんな頭でよく学校来られたよね、エミ。マジエグいわ」

「いやさ、私は全然気にしないよ？　気にしないけど、もうちょっと周りの人のこと考えてくれてもいいよね。一緒にいる私たちまで変な風に思われるかもとか」

「ほんとそれなー」

気付けばもう誰も菊池さんの肩を持ったり同情したりしようとしなかった。意見した小柄な女子も、今や「そうだね」と完全に流れに身を任せてしまっている。

たった一時、僅かな髪の毛を失っただけで、菊池さんは見事カースト最下層まで転落してしまった。

検証を終え、僕は複雑な気持ちでしみじみと呟く。

「やっぱり人にとっては、見た目こそが本質みたいだ」

次の休み時間、僕は血相を変えた榊原さんに体育館裏まで呼び出された。

胸ぐらに摑みかかる榊原さんは、見かけによらず結構力がある。

「有坂くん！　これ、どういうことなの⁉」

「菊池さんのヘアクリームを、除毛剤入りのものとすり替えておいたんだよ。二日連続で早退するなんて、よっぽどショックだったんだろうね。ひょっとするとこのまま不登校になるかも」

冷静に分析する僕を、榊原さんは敵意に満ちた眼差しで睨んでくる。

「ふざけないで！　私、ここまでやれなんて言ってない！」

別に榊原さんにどう思われようと関係ないが、こんな風に怒りを向けられる謂《いわ》れはないはずだ。

伝染した苛立ちに任せ、僕は制服を摑む榊原さんの手を強引に振りほどく。

「何で榊原さんが怒るんだよ。君がこれまで菊池さんのせいで苦しめられて、その菊池さんが仲間外れにされて学校に来なくなるんなら、君にとってはむしろ万々歳な展開なんじゃないの？　報復を心配しているなら、君は犯人候補にもならないよ。そのためにあの日、僕は君に休んでもらったんだから」

榊原さんを安心させようと試みるも、僕の言葉はまたしても逆効果だったようだ。

僕を睨む榊原さんの目には、なぜか涙さえ滲んでいる。

「そりゃあ、私だって菊池さんのことは嫌いだったよ！　だけど、私はこんなこと望んでない！　私は私が苦しみたくないってだけで、そのために他の誰かが苦しむところを見たいわけじゃないの！　女子にとって髪を失うことがどんなにつらいか、有坂くん、やる前に一度でも考えた⁉」

「これまで縮れ毛をコンプレックスにしていた君にそんなこと言われてもな」

仕返しとばかりに嫌味を込めて言い放つと、榊原さんは全身を戦慄かせ、浅い呼吸を繰り返す。

自身を宥めすかすかのように深呼吸してから、榊原さんは掠れた声で尋ねてくる。

「ねぇ、ひとつ教えて。有坂くんは何でこんなひどいことができたの？　菊池さんに何か強い恨みでもあった？　それとも私のために、菊池さんが許せないと思ってやってくれたことなの？」

「どっちでもないよ。言わなかったっけ、確かめたいことがあったって。人の外見が社会生活にどんな影響を及ぼすのか、検証したいと思っていたところにちょうどいい状況が転がり込んできたってだけで、」

乾いた打撃音に遅れて、鋭い痛みが僕の頰に走った。

榊原さんが僕の頰を叩いたと気付いたのは、たっぷり三秒も経った後だった。

僕が何か言う前に、榊原さんは踵《きびす》を返し、肩を怒らせて立ち去ってしまう。

「どうかしてるよ、有坂くん。二度と私に関わらないで」

手近な木に背を預け、そのまま僕は崩れるように地面に座り込む。

授業開始のチャイムが鳴っても、僕は一向に立ち上がる気になれなかった。

「……おかしいな、こんなはずじゃなかったんだけどな」

あの人に会いたい。会って話をしたい。でも、実際に会ったとして、具体的に何を話せばいいのか分からない。

そんな生殺しのようなジレンマを抱えながら、僕は黙々と花屋の仕事に従事していた。あの人は毎週新しい花を注文する。ここに勤め続ければ嫌でも会う日が来るだろう。考えるのはその時でも遅くない。

だから、店長から『園生さんから注文が来ていない』と聞かされた時、僕は不安や驚き以上に憤っていた。

彼女の言葉で僕はこんなに思い悩まされているのに、本人は既に僕のことなんてどうでもいいと思っている。それが僕には許せなかった。体調悪化の可能性なんて念頭にも浮かばないほど、そんな逆切れめいた激情を抱いてしまうほど、僕は冷静さを欠いていた。

だから仕事が終わった後、意気込んで彼女の病室を訪問した僕は、彼女の有り様に驚かされた。

ベッドの上には幾つもの本が無秩序に散乱し、体を横たえるスペースもない。読もうとして集中できずにそのまま投げ出したというような体《てい》だ。開いたままの数冊には、折り目が付いてしまっているのではなかろうか。水をやってもいないのか、先週届けたばかりの植木鉢の花が、力なく萎れかけているように見える。

そして部屋主は、アーロンチェアの端に申し訳程度に腰かけ、ノートパソコンのキーボードに突っ伏していた。

組んだ両腕の中に埋めた顔は僕の位置からは窺い知れないが、尋常ならざる状況であることは、訊くまでもなく理解できた。朝から着替えてもいないようで、服装は野暮ったい紺色の寝巻き姿だ。

瘴気《しょうき》が漂っているように感じられる病室に、僕が一歩踏み込むと、彼女は機敏に顔を上げて僕を振り返る。

しばらく彼女は訪問者が僕であることを理解できていないようだった。

ゆっくり瞬きし、覇気のない声で呟く。

「今週は、花の注文はしていないはずだが」

やはり、いつもと明らかに様子が違う。

僕は逸《はや》る気持ちを抑え、冷静に尋ねる。

「毎週欠かさず注文していたのに、どうしたんですか?」

僕の問いかけを聞くや、彼女は顔を再び組んだ両腕の中に埋めてしまう。

「答える義理はないだろう。君と私は、店員と客という関係に過ぎないんだから」

「何ですか、その言い方」

こちらの気も知らないような素っ気ない言い草に、僕の不満が再び噴き出した。今さら先に店員と客という枠を越えて関わってきたのはそちらの方だというのに、今さらそんな風にひっくり返すなんて。

僕は深呼吸をひとつして自分を落ち着かせ、余裕の態度を装って混ぜ返した。

「そうですよ。僕は花屋のバイトで、あなたはそのお客さんです。だからお得意様が注文しなくなると、貴重なお店の収益が減ってしまって困るんです。これは僕の〝店員としての営業活動〟です。だから何か理由があるなら〝お客様の声〟として教えてくださいよ」

「はは、相変わらずだな、君は」

彼女は乾いた声で笑うと、左手を大儀そうに持ち上げて言った。

「君に言うほどのことは何もないよ。心配しなくても、そのうちまた注文することもあるだろう。今日はもう帰りなさい」

聞き分けのない子供をあやすような台詞が癇に障った。そちらにとって言うほどのことでなくても、こちらにとってそれは聞くほどのことなのだ。

――こっちを見ろよ。

半ば意地になった僕は、許可もなく面会用の丸椅子に座り込んだ。

「蒔苗さん、始めますよ」

机に突っ伏した姿勢のまま、彼女は鈍い声で訊いてくる。

「……何を」

「二十の質問ゲームですよ。僕とあなたの間でやるゲームなんて、それ以外にないでしょう」

時間稼ぎのような質問が焦れったくて、僕の声が次第に荒っぽいものに変わっていく。

病室に居座られる狼藉《ろうぜき》を働かれ、彼女も流石に顔を上げた。それでも頑なに僕の目は見ようとしない。

「……悪いがそういう気分じゃないんだ。今日はもう帰ってくれないか」

「あなたの気分なんて、それこそ関係ないんですよ」

弱々しく希う彼女に、僕は容赦なくピシャリと言い放った。

一語の聞き逃しも許さないよう、僕はそれとなく声を張り上げる。

「このゲームは元々あなたが始めたんじゃないですか。真実を追求して正しい選択ができるようにって、そう言って今日まで僕を巻き込んできたんじゃないですか。今さら何と言おうと、最後まで責任を持って付き合ってもらいますからね」

「………」

そう責め立てられ、彼女はようやく閉口する。

僕は目を閉じて深く息を吸い、一方的に捲し立てた。

「お題はこちらで設定しますよ。『前回の配達から今日まであなたに何があったか』、質問には必ずイエスかノーかで答えてください。もちろん、全て正直に」

僕の強情さに根負けしたらしく、女王様は組んだ両手に額を当て、溜息交じりに言った。

「……分かった。だが、今日は本当に気分が優れない。質問は十回以内で頼むよ」

「望むところですよ」

どっちにしろ長々続けるつもりもない。

承諾を得た僕は、早速質問を開始した。

「それは、あなたの病状に関することですか？」

「ノー」

「金銭的な問題？」

「ノー」

「では、人間関係で何かトラブルがあった？」

「……イエス」

一瞬答えに詰まった。手応えありだ。

「前回の配達の時、僕の態度に何か不満があった？」

「ノー」

「式見さんと喧嘩した？」

「ノー」

「仲の悪いご両親から何か言われた？」

「ノーだ」

早速六回の質問権を使ってしまった。残り四回、訊くべき質問を慎重に考える。

彼女の人間関係のトラブル。あと考えられるものといえば、元彼、友人、親戚、主治医や看護師、研究業務の相手方……挙げればキリがないが、どれもいまひとつしっくりこない。

この人はクレーマーにも物怖《ものお》じしない胆力の持ち主だ。喧嘩に簡単に負けるとも、そのせいでここまで意気消沈するとも思えない。それに、誰とどのようなトラブルがあったとしても、それと花を注文しなくなることが結びつかないのだ。

つまり、焦点はそこだ。この尊大な女王様が強く出られない相手で、逆に相手は高圧的に振る舞うことができて、その結果として花を注文しなくなる……

瞬間、全ての点がひとつの線で繋がり、僕は背筋が粟立《あわだ》った。

不正解であってほしい。そう願いながら、僕はその質問を口にする。

「ウチの花屋の店長と、何かトラブルがあったんでしょうか？」

「ノー」

即答を受け、僕は最悪の予感に備えて腹を括る。

「では、そのトラブル相手は、僕のお母さんですか？」

「…………」

何も言わない。頑なに口を閉ざし、僕と視線を合わせようともしない。

そのささやかな抵抗が、このゲームでは逆効果だと、他でもないこの人が誰より知っているはずなのに。

僕は腰を上げ、強い確信を持って問い質す。

「そうなんですね。僕が花を配達していることを知ったお母さんがここに来て何か言った。恐らく僕の様子が最近おかしいのをあなたのせいだと思い込んで、愚にもつかない妄言を捲し立てて、二度と花を注文しないよう釘《くぎ》を刺した……大方そんなところですか?」

「待ってくれ、羽斗くん」

彼女は覚束ない足取りで立ち上がると、僕の肩に手を置き、縋《すが》るような目で訴えてきた。

「違うんだ。君のお母さんがここに来て、少し話をしたことは事実だが、別に私は何も気にしていないんだ。花を注文しなかったのも、ただ忘れていただけで……」

「蒔苗さん、このゲームで質問されたら、まずはイエスかノーかで答えなきゃダメなんですよ」

僕はその手を払い、無感動に告げた。回答者がルール違反を犯してしまった時点で、このゲームは終了したも同然なのだ。

こんな終わり方は、できれば迎えたくなかった。僕の中の彼女はいつだって凛然としていて、博識で雄弁で、笑いどころに困る冗談を言って、それでいて僕のことを想ってくれて……そんな魅力の尽きない女王様だった。こんな風に落ち込んで、言い訳がましい言葉を並べる姿なんて見たくなかった。

最後に見る女王様が、人を食ったようなあの笑顔じゃないことは心残りだけど。

見たくない姿を見てしまったから、そういう姿にさせてしまったから、やるんだ。

僕は店で習った通りの姿勢で頭を下げ、言った。

「僕のお母さんがご迷惑をおかけして、すみませんでした。でも、こう言うと変な感じですけど、ようやく僕の中でも結論が出てくれました。お陰で、僕にも正しい選択ができそうです」

頭を上げると、彼女はひどく呆けた表情をしていた。こんな状況でもなければ、つい噴き出してしまいそうなほどに。

そのまま体を回して病室のドアに向かうと、ようやく硬直が解けた彼女が尋ねてくる。

「待て、君は一体何の話をしているんだ?」

ドアに手をかけた僕は、首だけで彼女を振り返った。

「結局、善意は人を救ってくれないってことですよ」

僕の口から出たことが信じられないくらい、それは冷たい一言だった。

敷居を跨いだ瞬間、彼女は鋭い声で僕を呼び止めてくる。

「待て！」

しかし、僕はもはや部屋主に一瞥《いちべつ》もくれることもなく、背を向けたまま後ろ手にドアを閉ざした。

ふたりの世界を、完全に隔てるように。


羽斗の母親は、パーソナルスペースを侵す勢いで蒔苗に詰め寄り、問い質した。

「もしかしてあなた……花を買うことじゃなくて、羽斗が目的で注文を繰り返しているんじゃないですか？」

母親の目は、狂気的な光を孕《はら》んでいて、今にも蒔苗に手を出してしまいかねないほどの危険な雰囲気を宿している。

蒔苗は退くことなく、毅然《きぜん》とした態度で母親に立ち向かう。鎮痛剤を飲みそびれ、右手が痛みを訴えるが、精神力で捻じ伏せる。

「そのような事実はありません。お母さんがそう思った理由を教えていただけますか？」

「だって、おかしいじゃない。病院に植木鉢だなんて非常識だわ、縁起でもない。

そんなだからあなたはろくでもない病気に罹《かか》って、親御さんにも匙《さじ》を投げられて、こんな所に長々と入院しているんじゃないの？　だったら自業自得ね」

母親の露骨な挑発にも、蒔苗はあくまで自分のペースを崩さない。

「私は植木鉢の植物が好きだから買っているだけです。入院生活はこちらの問題で、部外者のあなたに口出しされる筋合いはありません。仮に私が羽斗くん目的で花を注文しているとして、それにどのような問題が？」

「白々しい。羽斗を誑《たぶら》かして、汚い欲望を満たそうとしているんでしょう」

「私が病院で羽斗くんとそのような行為に及ぶとでも？」

「あらやだ、私はそんなこと一言も言っていないわ。でも、すぐにそう答えたってことは図星ってことなのね。口八丁手八丁で羽斗に取り入って、あわよくばウチのお金を掠め取ろうとしたんでしょう？」

「……そんなこと、あるわけないです」

少しだけ、蒔苗は不快そうに目を細めた。

思い込みと決めつけばかりで、堂々巡りの様相を呈している。話し合いで誤解を解くのは困難を極めそうだ。

蒔苗の懸念を裏打ちするように、母親は鼻を鳴らして一蹴する。

「それを証明できる？　できないでしょう？　そんな風にすっとぼけたって、私は騙《だま》されませんからね」

清々しい表情さえ湛えている母親は、蒔苗を華麗に論破したつもりでいて、悪魔の証明を要求していることに気付いてもいないのだろう。

蒔苗が口を閉ざした理由を、図星を突かれたためと思い込んでか、羽斗の母親はとどめとばかりに言い放つ。

「忠告よ。金輪際、羽斗とは関わらないで。第一、仕事中のお喋りなんて営業妨害もいいところです。客だからって何をしても許されると思ったら大間違いなんですからね。花なら他の店でいくらでも買えるでしょう？　もし次に私の耳に変な話が届こうものなら、その時は覚悟なさい」

蒔苗の返事も待たず、母親は足音高らかに病室を立ち去ろうと踵を返す。

ドアに手をかける母親に、蒔苗は断腸の思いで忠告を返した。

「お母さん、そうやって自分本位の論理で羽斗くんを束縛していたら、羽斗くんは一生幸せになれませんよ」

途端、凍りついたように、母親の動きが止まる。

蒔苗の言葉を、たっぷり時間をかけて理解した母親は、頸椎《けいつい》が軋みそうなほどにゆっくりと蒔苗を振り返る。

「……何ですってぇ……？」

その顔に貼りついていた表情を見て、蒔苗は初めて肝を冷やした。

個室とはいえ病院という公共の場で、母親が過激な手段に出ることはないと高を括っていた。だが今、母親が放っている怒気は尋常ではない。それこそここが病院であることすら忘れてしまったのではないかと勘繰るほどに。

ドアからたった三歩で詰め寄られ、蒔苗は縊《くび》り殺されることを覚悟した。

至近距離で蒔苗に人差し指を突きつけた母親は、口角泡を飛ばして怒鳴る。

「あなた如きがッ、軽々しく羽斗を語らないでちょうだいッ！　私には母親として、羽斗を守る責任があるんですッ！　あなたのような訳の分からない病人のせいで、羽斗の将来が脅かされるなんてことは、絶対にあってはならないんですッ！　世間知らずの入院患者がよくも偉そうに――」

羽斗の母親は肺中の空気を絞り出し、蒔苗に向けてその一言を叩きつけた。

「私たちの大切なお金を食い潰す障害者の分際で、一体何様のつもりですかッ！」

母親の言葉を聞いた途端、蒔苗の全身が一瞬にして冴え渡った。

まるで極寒の雪山で遭難したかのようにとめどなく震え、自分で自分を掻き抱く。

これまで抑え込んでいたものが溢れ出たように、右手のみならず全身に刺すような激痛が襲い来る。

当の羽斗の母親は、もはや蒔苗に一瞥もくれず、肩を怒らせて病室を出て行ってしまった。

ひとり取り残された蒔苗は、力なくベッドに腰かけ、浅い呼吸を繰り返す。

やり取りの間、ドアが閉め切られていたこともあってか、幸い病棟の人間は騒動に気付かなかったようだ。

誰も近付く気配がないと知った蒔苗は、一瞬気が緩み、瞳から溢れた一滴の雫を床に滴らせてしまった。

「……痛い、な」


帰宅した僕は、コンビニで買ってきたあるものをポケットの中で握り締めながら、一直線に台所に向かった。

やはり台所ではお母さんが僕《ウサギ》の餌作りに励んでいたため、僕は努めて落ち着いた声音で尋ねる。

「お母さん、最近、病院に入院している患者さんと、何か僕の話をした？」

「え？　どうして急にそんなことを……あぁ、そういうことね」

お母さんは自答し、満面の笑みでこちらに体を向けた。

理想の母親然とした曇りない笑顔は、悍ましさすら感じられる。

「羽斗、お仕事中にあの変な女の人にいろいろ吹き込まれて、そのせいで最近様子がおかしかったのよね？　お母さんがちゃんと言い聞かせておいたから、もう何も心配ないわ。もしまだ嫌がらせが続くようならお母さんに言いなさい、今度はすぐ警察に相談するから」

「……蒔苗さんのこと、どこで知ったの？」

「お花屋さんの店長さんに訊いたのよ。店長さん、すごく親身になって話を聞いてくれて、その人について特別に教えてもらったの。羽斗、あなた本当にすごくいい所で働いているのね。世の中捨てたものじゃないって、お母さん感動しちゃった」

目尻に涙すら浮かべるお母さんを前に、僕の呼吸は知らず知らず浅くなっていた。

彼女を知るルートがそれしかない以上、覚悟はしていたつもりだった。しかし、実際にお母さんの答えを聞いた僕が味わったものは、失望や絶望すらも飛び越えた虚無感だった。

お節介焼きだと思うことはあっても、僕に細かく気を遣ってくれることには感謝していたし、自分の道を貫き通した店長を人として尊敬もしていた。

その店長の優しさが、僕の大事な人を傷つける一助を担ってしまったのなら。

もはや正真正銘、信じられるものなんて何もないじゃないか。

「お母さん、誤解だよ。あの人はお母さんが思っているような人じゃなくて……」

しかし、お母さんは僕の言葉に耳を傾けもせず、静かに首を横に振った。『羽斗の言いたいことは何でもお見通しよ』という台詞が、言葉にせずとも聞こえてくるかのようだ。

「羽斗、あなたは優しいから、ああいう世間知らずの入院患者の言葉も真に受けて、いろいろ心配しちゃうのよね。でもね、世の中は羽斗みたいな優しい人ばかりじゃないの。今はお母さんを信じなさい。いつか絶対お母さんの言うことが正しかったって感謝する日がくるから」

野菜の匂いが染みついた青臭い手で、お母さんは僕の頰に触れ、慈愛に満ちた声で言う。

「安心なさい。羽斗は絶対に、お母さんが命を懸けてでも守ってあげるから。ね？」

同じ言語を話しているはずなのに、僕にはもはやお母さんが何を言っているのか理解できていなかった。

お母さんに促されるまま、僕は条件反射の相槌で応じる。

「……うん」

相変わらず弱気な自分を情けなく思ったが、もう言葉を交わすことに意味はない。お母さんと何を話そうとも、これから僕がやることは変わらないのだから。

食事を終えた僕は、自室でその時を待つ。

あの人なら僕のお母さん如き、いくらでも論破できたはずだ。それこそ、自分に二度と関わろうとすら思えなくなるくらい、徹底的にやり込める形で。

そうしなかったのは、僕がお母さんから不利益を被らないように気を遣ったからに違いない。僕のために、事によるとお母さんのためにも、できるだけ丸く収まるように取り計らってくれたのだ。そんな彼女の心境も知らず、矛を収めた女王様を口汚く責め立てるお母さんは、さぞご満悦だったことだろう。

お母さんは、僕のためにあの人を傷つけて。

あの人は、僕のために無抵抗で傷ついて。

そして僕は、傷ついたあの人を見て、お母さんに憤っていて。

善意に根差した行動は、結局誰の事も幸せにしていないじゃないか。

この負の連鎖を断ち切る方法を、僕はひとつしか知らない。

二十一時半、和室でお母さんが寝静まったのを確かめた僕は、帰りにコンビニで買ってきたライターを灯《とも》した。

完全な暗闇の中、原始的な光が仄《ほの》かに周囲を照らし出す。

手近な観葉植物の葉に火を近づける。しばらく焦げ臭い煙を発するだけだったが、やがて火は完全に植物へと燃え移った。

暗がりの居間の一角で、炎がおどろおどろしく揺らめく。

「全部、燃えてしまえ」

そして僕は、すぐさまライターオイルのキャップを開ける。

やる前は後ろめたさと緊張で心臓が破裂しそうだったが、始めてしまえば抵抗感はまるでなく、むしろ一刻も早く終わらせなければという使命感に駆り立てられるようだった。

ライターの中身を一思いにぶちまけてしまえば、後は何をするまでもなく、隣接する植物に次から次へと燃焼が伝播していった。

一酸化炭素を吸い込んで脳が麻痺《まひ》したのか、目の前の惨状が絶景のように思える。

猛烈な輻射熱《ふくしゃねつ》も、羽毛に包まれたかのように心地よく感じられる。

これでいい。最初っからこうすればよかったんだ。

随分と遅くなってしまったけど、これでようやく全部終わらせられる。もう誰も苦しめず、自分も苦しまず、この炎の中で安らかな死を――

ジリリリリリリリ!!

天井の火災報知器がけたたましく耳朶を打ち、僕の意識が覚醒した。

気付けば居間は、既に火の海も同然の有り様で、立ち込める黒煙が視界の大半を遮ってしまっていた。

今さらのように沸き上がった焦燥感で、僕はもろに黒煙を肺に取り込んでしまい、思いっきり噎《む》せてしまう。

「ゲッ……ゲホッ、ゴホッ!」

――熱い! 苦しい! 死にたくない!

足や腕の皮が熱で痛みを訴え始めている。炎の爆《は》ぜる音で何も聞こえず、黒煙のせいで視界の確保もままならない。

安らかで穏やかな死とは程遠い現実を目の当たりにし、僕は生存本能の赴くまま、壁伝いに遮二無二玄関を目指す。途中、廊下に置かれていたダンボール箱に躓《つまず》き、そこかしこにペットボトルの水が散らばってしまう。

やっと触れた玄関のドアノブが、今の僕には楽園に続く道標であるように思えた。

必死でノブを回すもドアは開かず、そこでようやく玄関が施錠されたままであることに気付く。焦るほど蝕んでくる煙の中、覚束ない手つきでサムターンをつまみ、全体重を込めて開錠する。

途端、ドアが外側に開き、その勢いのまま僕は外に投げ出されてしまった。どうやら僕がサムターン錠を回すと同時に、外にいた何者かがドアを引き開けたようだ。

ひんやりとした夜更けの外気に浸る間もなく、その何者かが僕の傍らに膝をつき、切迫した口調で問い質してくる。

「羽斗くん、これは一体どういうことだ！」

それが誰であるかは、顔を見るまでもなく分かった。

うつぶせに倒れた僕は、やっとの思いで僅かだけ体を起こし、声を振り絞る。

「変わらなかったじゃないですか！　結局、何も！」

大声を上げたつもりだったが、僕の口から出たのはぜぇぜぇとした虫の息だった。

そんな弱い自分が、どうしようもないほどに情けなくて、悔しかった。

「全部僕のせいなんですよ！　蒔苗さんは僕を気にかけてくれて、お母さんは僕のために筋違いな善意を施そうとして、それで結果的に蒔苗さんも僕も苦しんでいるんじゃないですか！」

顔を上げた僕は、彼女の袖にしがみつき、切実な思いで問いかけた。

「言葉じゃ人は変われない！　気持ちじゃ世界は変わらない！　こうする以外、僕にどんな正解を出せたっていうんですか！」

ようやく直視した彼女は、今にも泣き出しそうな表情をしていた。

何か言いたげに口元を震わせるも、それを呑み込むように引き締め、はっきりとした声音で問う。

「今は言い争っている場合じゃない！　お母さんはどうしたんだ⁉」

「一階の和室で寝てます、でもこの火じゃもう……」

振り返れば、僕の家からはそこかしこから煙が噴き上がり、火の手は二階にまで上がっているようだ。周囲には野次馬が集まり始め、消防車のサイレンが近付いてくるのも分かる。

蒔苗さんまで巻き込むわけにはいかない。すぐにこの場を離れようと思ったが、彼女はいつの間にか僕の手から逃れ、玄関のドアを開けて中を見つめていた。

端的に言うなら、地獄絵図だった。無尽蔵とも思える黒煙が出口を求めてとぐろを巻き、不定形の緞帳《どんちょう》の向こうで炎が不吉に揺らめいている。

彼女は玄関近くの廊下に転がっていたペットボトルの水を手に取り、蓋を開けて手にかける。ひとつ頷くと、その水を頭から被り、腕や脚を含めた全身をくまなくずぶ濡れにした。

「ちょっ、蒔苗さん⁉」

何をするつもりなのか理解した僕は慌てて呼び止めたが、その甲斐虚しく彼女は深く息を吸い、まっすぐ廊下を突っ走って行ってしまった。

追いかけようと踏み込んだが、凄まじい熱波に阻まれて断念する。たった一歩で足の裏が火傷《やけど》したかのように痛い。

それからの一分間、僕は生きた心地がしなかった。

僕の命と引き換えでもいい、どうかあの人だけは。

そんな虫のいい祈りを捧《ささ》げることでしか、我を保つことができなかった。

消防車が到着し、消防官から離れるように警告されても、僕は玄関ドアにしがみつき続けた。このドアだけは命に代えても閉ざしてはいけないと、本能がそう告げていた。

時間と共に色濃さを増していく暗幕が、唐突に不自然に揺れた。目を凝らすと、暗幕の向こうから、ふたつの人影が近付いてくるのが分かる。

顔を煤《すす》まみれにした彼女と、力なく肩を預けるお母さんだった。

お母さんの方は意識を失っているらしく、彼女はほとんど背負うような形で必死に歩を進めている。

すぐに飛び込んだ消防官に、彼女はお母さんを預ける。そのまま自力で玄関まで歩き切り、敷居を跨ぐ擦れ違いざまに僕を剣呑《けんのん》な目で見遣る。

「……こんなのが君の出した正解なんて、笑えない冗談だぞ」

ほとんど口の動きだけで、そう告げると。

糸が切れたように、その場に倒れ伏した。

第六章

クソッタレな神様へ

机と椅子、そして煌々《こうこう》と灯る蛍光灯だけの無機質な取り調べ室で、羽斗の母親は、無精髭を生やした壮年の男性刑事と向き合って座っていた。

手元の資料と母親を見比べながら、刑事はしきりにこめかみを掻く。

「ふむ、あくまで奥さんとしては、寝る前のご自身の煙草《たばこ》の不始末が原因だ……と」

「はい、間違いありません。ご近所さんにも、刑事さんにもご迷惑をおかけして、大変申し訳なく思っています」

膝に手を置く母親は、もう何度目かになる謝罪の弁を口にし、机に額が付きそうなほどに深く頭を下げた。

刑事はそんな母親を手で制しながらも、不可解そうに眉根を寄せている。

「確かに居間から煙草ケースとライターが見つかっているし、出火場所とも符合はしています。でもね、奥さん、あなたが煙草を吸っているところを見たことがあるお知り合いが、ただのひとりもいらっしゃらないんですよ。逆に過剰なほど健康に気を遣っていたという証言は、たくさんあったんですがね。有機野菜と観葉植物にこだわっていたあなたと、煙草の不始末による出火という顚末《てんまつ》は、どうにも結びつかんのですよ」

刑事は上目遣いに母親を見遣り、嚙んで含めるように問い詰める。

「たとえば、息子さんの喫煙による失火、或いは放火をかばうために奥さんが嘘をついている……というのであれば、辻褄《つじつま》が合うんですがね」

刑事の口調は、ほとんど確信しているといっていいものだった。

誘導尋問されていることを自覚しながらも、母親は頑なな主張を続ける。

「煙草は夫が死んだ後、ストレス発散のために吸うようになったんです。ご近所の変な噂《うわさ》になったり、息子に悪影響を与えたりしてはいけないから、誰にも気付かれないように細心の注意を払っていて。臭いも極力残さないように」

「なるほど、旦那さんの。それは失礼した」

申し訳程度に謝意を示し、刑事は紙資料を手に取る。

パラパラと音を立てながら資料をめくる様は、言外に威圧しているかのようだ。

「敢えてこんなことを言うまでもないと思いますけどね。供述調書の内容が事実と食い違っていると、情状酌量の余地が認められず、より重い罪に問われる可能性もあるんですよ。これはあなただけじゃなく、息子さんの問題でもあるんです。仮に息子さんが火を付けたとするなら、然るべき機関でカウンセリングと医療的措置を受けなければ、いずれ同じ過ちを繰り返すかもしれません。いいですか、その上でもう一度訊きますよ」

刑事はバンと資料を机に戻し、声高に問い質した。

「お母さんは日常的に煙草を吸っていて、あの火事もあなたによる煙草の不始末が原因だった、この事実にお間違いありませんね？」

人生最大の岐路に立たされた母親の脳裏で、走馬灯のように蘇《よみがえ》る記憶。

『なっ……何よ、これっ⁉』

目を覚ました時には、緑の楽園は紅の灼熱《しゃくねつ》地獄に様変わりしていた。

燃え盛る炎と煙に包まれた部屋の中、凄まじい熱気と立ち込める黒煙で、事態の把握どころか呼吸もままならない。

初めて味わうリアルな死の予感に意識を手放しかけた羽斗の母親は、自分に肩を貸す誰かの存在で我に返った。

息子が、羽斗が助けに来てくれた。高揚した気持ちで目を凝らすと、その横顔は女性だった。よく見れば、それは病院で対峙したあの女、園生蒔苗のものだ。

『なっ、どうしてあなたがここに……ゴホッ』

言葉半ばで噎せ、声は届かなかったようだ。

無言で母親を外に連れ出そうと奮闘する蒔苗に、母親は尚も言い募る。

『まさかこの火、あなたがやったの？　そうなのね、なんて恐ろしい！　やっぱりあなたは私が思った通りのろくでなしだった――』

『煙を吸うからあまり喋らないで。そして、落ち着いて聞いてほしい』

蒔苗は母親を支えるべく踏ん張りながら、必死に言葉を絞り出す。

『この火を付けたのは羽斗くんだ。羽斗くんはお母さんの振る舞いに嫌気が差して、この家の植物とあなたを全て燃やすために火を付けたんだ』

一瞬、母親は何を言われているか理解できなかった。

こんな状況にも拘らず顔を歪ませ、母親は蒔苗を責めようと口を開ける。

『な、何ですって？　羽斗がそんなことするわけ……ゲッ、ゲホッ』

『いいから冷静に。私があなたへの逆恨みで火を付けたなら、わざわざこんな火の中に飛び込んでくるわけがないだろう』

蒔苗は母親を宥めるべく、気丈に言葉を発し続ける。

居間を出る際、蒔苗はポケットから取り出したものを、母親からも見えるように炎の中に放り捨てた。

『ここに煙草のケースと携帯灰皿を捨てておく。そしてあなたには吸殻の不始末で出火したと証言してほしいんだ。放火は未成年でも重罪だし、デジタルタトゥーが刻まれる恐れもある。羽斗くんを想うなら、私を信じて協力してくれ』

灼熱の中、煤にまみれた顔を向け、蒔苗は母親に問う。

『あなたも私も、羽斗くんの未来を想う心は同じだ。そうだろう？』

薄れゆく意識の中、ひとつの義務感に従い、母親はその言葉を口にした。

『……分かった』

顔を上げた羽斗の母親は、迷いなく刑事を直視し、断言した。

「はい。私は誓って、何も間違ったことは言っていません」


お母さんの検査入院後、緊急避難的に泊まることになったホテルの一室で、僕は床に額を付けてお母さんに土下座した。

「ごめんなさい、お母さん」

こんな風にお母さんに謝る日が来るなんて、僕は想像もしなかった。謝るようなことは初めからするべきでないと、誰に教えられるまでもなく知っていたつもりでいたから。

だから、僕が敢えてそういうことをする時が来るなら、それは僕自身か謝るべき相手が確実に死ぬ時だと、勝手にそう思っていた。

だけど今、当初の意に反し、僕もお母さんもこうして生き延びている。

たったそれだけで、『無敵の人』になった気でいた僕の精神は、臆病者のそれへと回帰してしまう。

「言い訳はしません。家に火を付けたのは、僕です」

僕は正直、お母さんに半狂乱で叫ばれ、殴る蹴るといった暴行を加えられることを予期していた。

或《あ》いは悲劇的に滂沱《ぼうだ》の涙を流され、力いっぱい抱き締められる可能性も、わずかながら考えていた。

しかし、お母さんはそのどちらでもなく、俯いたまま小さくひとつ頷くのみ。

「……そう」

それが様々な想いを巡らせた結果の一言であることは、想像するに難くなかった。

これまでのお母さんのどんな能弁より、その一言は深く、重い意味を宿していた。

ややあってお母さんは顔を上げ、潤んだ目で僕をじっと見据える。

その時、僕はお母さんが自分と同じひとりの人間だということを、初めて本当の意味で理解できたように思えた。

「羽斗に言いたいことは、もちろんたくさんあるけれど……羽斗は私なんかより、ずっとたくさんの言いたいことがあったのよね。それが言えなくて、こういう形で爆発しちゃったのよね」

「……うん」

控えめに肯定する僕の胸が、罪悪感でズキリと痛む。

お母さんにも非があることは否定しないが、かといって僕が一方的に被害者面をできる立場でもない。これは僕が『何を言っても無駄だ』と勝手に決めつけた結果でもあるのだから。

これまでの経験上、確かに何を言っても無駄に終わっていたかもしれない。それでもどうせ破滅する覚悟があるなら、ひとまず何か言ってみるくらい何てことなかったはずなのだ。

植木鉢を叩き壊してがなり立てるなり、お母さんを病院まで引っ張って行くなり、何かしらの強い自己主張をしてみる価値はあったはずなのだ。そんな簡単なことになぜ思い至らなかったのか、今となっては自分でも分からない。

かくも怒りは、そして無知は、人から正しい選択肢を奪ってしまう。

椅子から立ち上がったお母さんは、僕と同じように床に正座し、視線を合わせて言った。

「話し合いましょう。羽斗、まずはあなたから。これまでできなかった分、言い訳をたくさんして。怒るのも許すのも、その後からでも遅くないから。私たちに……いいえ、私に足りなかったのは、間違いなく話し合いだから」

息子に殺されかけたばかりで気も動転しているだろうに、お母さんが冷静にそう提案してくれたことが、今の僕にはこの上なくありがたかった。

僕は居住まいを正し、思いの丈を伝えるべく口を開く。

「分かった。まず僕が火を付けた理由だけど、お母さんが蒔苗さんにひどいことを言ったと知ったことが理由なんだ。蒔苗さんは僕にとって、すごく大事な人だから許せなかった。僕のことは悪く言われて当然だけど、落ち着いたらお母さんからも蒔苗さんにちゃんと謝ってほしい」

「分かった、約束するわ。何も知らずに、本当にごめんなさい」

お母さんは唇を嚙み締め、力強く頷いた。

一度話し始めると、僕の口からは堰《せき》を切ったように言葉が溢れ出てきた。

「あと、植物を家にたくさん置いたり、野菜ばっかり食べさせるのもやめてほしいんだ。僕の部屋に虫が湧いて勉強に集中できないし、野菜だけじゃなくてお米とかお肉を食べないと、すぐにお腹が空いちゃうから。アルバイトを始めたのも、実はそれが一番の理由で……」

「うん、うん……」

一言一句聞き漏らさないよう、お母さんは真剣に僕の話に耳を傾けてくれる。話半ばで否定されないとこんなにも話しやすいものなのだと、僕は初めて知った。

夜更けまでお母さんと交わした言葉の数は、僕のこれまでの一生分にも匹敵するほどだったかもしれない。


身の回りが落ち着いた後、僕は彼女に謝るべく病院に赴いた。

僕のせいで大火傷を負ったんじゃないかと気が気でなかったが、命に別状はなくすぐ元いた病院に転院したという報告を担当刑事から受け、僕は胸を撫で下ろした。説教を受けることは間違いないだろうけど、受けられないよりずっとマシだ。

遠慮がちにノックして中に入ると、部屋主はふてぶてしくベッドに寝っ転がり、本を読んでいた。心身ともに——少なくとも身に大きな問題はなさそうだ。

ギロリとこちらを見る視線に、内心で竦み上がりながらも、僕はベッドの正面に立って頭を下げる。

「すみませんでした、蒔苗さん」

「全くだ、これが『すみません』なんて一言で済まされる問題であって堪るか」

手に持っていた分厚い洋書を脇に放ると、ぶっきらぼうに言ってきた。

心底不機嫌そうな溜息を吐くと、行儀悪くベッドの外に足を突き出し、丸椅子を蹴って僕の方によこす。

「それで、今はどんな状況だ？　ねぐらを燃やして君の気は済んだのか？」

やばい、めっちゃ怒ってる。そりゃ当たり前なんだけど。

丸椅子の端にちょこんと座り、僕は訥々と現況を説明する。

「家は全焼しちゃいましたけど、既にアパートへの引っ越し手続きは終えました。幸い近所の家に飛び火もしませんでしたし、蒔苗さんのお陰で煙草の不始末ということになりましたから、これ以上騒ぎが大きくなることもないと思います」

「かばったのは君のお母さんだ。ちゃんと感謝の気持ちを伝えておきなよ」

「はい、それはもちろん。あの後、お母さんとも正面切って話し合って、お互いの気持ちを伝え合って、ちゃんと謝って……お母さんの植物狂いも、今は嘘みたいに落ち着いてくれたみたいで」

蒔苗さんは両手を枕に天井を仰ぎ、再び短く溜息を吐いた。

表情は硬いままだが、先ほどよりも大分険が取れてくれたように思える。

「そうか、それは何よりだ。君の凶行が結果的に正しかったような収まり方は些《いささ》か癪だが」

不満げなそのぼやきに、僕ははっきりと首を横に振った。過去の自分を否定し、誓いを立てるために。

「蒔苗さんがいなければ、間違いなく取り返しのつかないことになっていました。お母さんはきっと今ごろ焼け死んでいたでしょうし……たとえ死んでいなくても、今みたいにお互いの本心を伝え合うことは、一生できなかったと思います。本当に、バカなことをしたと反省しています」

「ふん。まぁ、君もそれなりに成長したわけか」

素っ気ないながらも、彼女の雰囲気は以前のそれに戻りつつある。

謝罪の弁が一段落し、僕はずっと気がかりだったことを尋ねてみた。

「それにしても、蒔苗さんはどうして僕の住所が分かったんですか?」

「花屋の店長に訊いた。『羽斗くんの住所を教えなければ私の個人情報を漏らした咎であなたを訴える』と平和的な交渉を試みたら、快く教えてくれたよ。そういう融通が利くのは自営業の特権だな。二度とあの店で花を買うことはないだろうが」

静かに毒を吐く態度からも、当時の修羅場が推し量れる。店長の自業自得だから何ひとつ同情はできないけど。

「煙草と携帯灰皿を持っていた理由は?　蒔苗さん、煙草吸わないですよね」

「行きがかりのコンビニで買ってきたんだよ。あの日、君が何かよからぬことをしでかすことは予測できていた。君の家に、君の嫌いな植物が大量に存在することを知っていれば、最悪のケースとして家に火を付けることくらいは容易に想像がつく。放火は未成年でも検察官送致の可能性があるほどの重罪だが、親の煙草による失火ということにすれば刑事的な責任は免れ得る。取り越し苦労ならそれはそれ、備えあれば憂いなしだ」

何てことないような調子の種明かしを聞き、僕は畏敬の念を新たにした。

僕の行動が完全に読まれていたことは言わずもがなだが、たとえ予想できていたとしても、実際に僕を止めるために行動を起こすのは並大抵じゃない。燃え盛る炎の中、お母さんを助けるために決死で飛び込んだ度胸もそうだ。

あの一晩で、僕の愚行で、その体はどれほど蝕まれてしまったのだろう。

答えを聞くのは怖かったが、やはり訊かずにはいられない。

「それで、その……蒔苗さんの体は、大丈夫なんですか？」

「大丈夫じゃない」

僕の質問に対し、こちらを見もせず無愛想に即答する。

こちらへの当てつけもあるだろうが、僕は何ひとつ文句を言える立場にない。

「で、ですよね……お詫《わ》びっていうとアレですけど、僕にできることなら、何でもお手伝いしますので……」

「植物園に行きたい」

「え？」

僕は聞き違いかと思ってつい訊き返してしまった。食い気味に発せられた台詞は、普段の飄然とした態度と異なり、まるで小学生の駄々のようであったから。

蒔苗さんは勢いよく体を起こすと、僕に向かってビシリと人差し指を突きつけた。

「植物園に行きたい！　羽斗くん、私と一緒に来い！　そして私のために甲斐甲斐しく世話を焼きたまえ！」

「えぇ――……？」

こんな勇ましい口調でデートに誘われるのは、後にも先にも一度きりだろう。

待ち合わせの植物園は、大きなふたつの温室ドームがある植物園だった。

正面玄関の広場には園を象徴する高さ十メートルの切り株がそびえ、その幹には僕の腕ほどもありそうな太い蔦がみっちりと絡みついている。

元は五階建てのビルにも相当する大樹だったそうだが、育ちすぎて倒木の恐れが出てきたため、やむなく切り落としたらしい。出る杭《くい》は打たれるということわざをこれほど体現した存在も希少だろう。

その大木の根本で、蒔苗さんは待っていた。入場ゲートをくぐって僕を見つけた蒔苗さんが、にこやかに手を振ってくる。

「やあ、こうして病院外で会うと新鮮な感じがするな」

「ええ。……蒔苗さんも、今日はすごくお洒落《しゃれ》ですね」

蒔苗さんの服装を見て、僕は控えめにそう言った。

病院にいる蒔苗さんは大抵、暗色系の服を着ていて、有り体に言うならあんまりファッションに拘《こだわ》らない運動性重視の装いだった。特にボトムスに関してはいつもズボンで、スカートを穿いている姿は一度として見たことがない。

しかし今日の蒔苗さんは、両手にはいつもの黒手袋をはめているものの、服装はアイボリーのカーディガンにライムグリーンのロングスカートと、趣を大きく異にしていた。見ればショートカットの髪にもヘアピンが留められている。大型植物園というロケーションと相まって、ある種の神秘的な雰囲気を纏っているように思えてくる。

普段とのギャップに不覚にも心臓を高鳴らせる僕を、蒔苗さんは肘で軽く小突いてきた。

「おっ、分かるかい？　君はなかなか見所があるな。〝今日は〟は余計だが」

見た目が変わってもやはり蒔苗さんは蒔苗さんだ。

ふたつのドームは、熱帯植物を主体とした密林コースと、四季の花を主体としたフラワーコースに大別されており、好きな方を選んで回れるようだ。

蒔苗さんの希望で、僕たちはまず密林コースを選択した。

熱帯植物専用ということもあって、ドームの中はちょっとした蒸し暑ささえ感じるほどの室温だった。足場の下で小さな人工の川が注いでいるから、湿度で余計にそう感じるのかもしれない。

ドームの高さは高校の校舎を優に超えるほどで、床面積もそれに見合って広大なのだが、そこに繁茂する植物の生命力たるや近いうちにドーム中を緑で埋め尽くしてしまうのではないかと危惧してしまうほどだ。

案内板によると、殊に威容を誇るこのゾウタケという名の巨大竹は、三十～四十メートルほども成長するケースがあるらしい。天井を突き破ったり折れて人身事故に発展したりしなければいいけど……などと思っていた矢先、ココヤシの実の落下に関する注意書きを認め、僕は無意識的に頭上に右手を翳してしまう。蒔苗さんにばっちり見つかり、散々弄《いじ》られたことは言うまでもない。

植物学について僕は素人同然だったが、蒔苗さんは新たな植物と出くわすたび、興味深そうに逐一じっくりと覗き込んでいた。

遠目だと似たり寄ったりの緑も、近くで見るとひとつひとつが特徴的な形をしており、丁寧な説明板も手伝って次第に僕も興味をそそられつつあった。パンノキやサラダノキという食用植物は一度味を確かめたいと思ったし、バナナが木ではなく草の一種だったなんて知らなかった。

ドームの中間地点、『食虫植物エリア』と書かれた小部屋に踏み込んだ僕は、つい身を竦ませてしまった。

天井に張り巡らされた蔓《つる》から、細長い袋状の植物が数え切れないほどぶら下がっている。袋の口部分は赤っぽい色をしており、まるで人間の唇だ。

生理的な抵抗感から二の足を踏む僕と対照的に、蒔苗さんは両手を合わせて声を弾ませている。

「おお、これは驚きだ。ウツボカズラをこんなたくさん育てているとは。こいつを腐らせずに育てるのはなかなか難しいんだよ」

「食虫植物がここまでびっしりぶら下がってると、ちょっと不気味ですね……」

気後れする僕の心境はあっさり見抜かれ、蒔苗さんは悪戯っ子のようにニヤニヤ笑いながら忠告してきた。

「ふふふ、気をつけたまえよ、消化液がかかると皮膚が溶けてしまうぞ」

「……嘘言わないでください、ポケモンじゃあるまいし」

「おっ、一瞬ビビったな？　悪い悪い、ついからかいたくなってしまってな。ウツボカズラの消化液はジャングルで遭難した時の貴重な水源になるぞ、覚えておくといい」

「別にビビってないですし、使う機会もないですし」

このままだと蒔苗さんがずっと悪ノリを続けそうだったため、僕は溜息を吐いて話題を転換する。

「でも、虫を取って食べる植物って、半分動物みたいなものですよね。パックンフラワーみたいに動き出したら、いよいよ動物との区別がつかなくなりそうです」

「キノコ王国に想いを馳せずとも、意外と身近にもいるぞ。君も学校で習ったかもしれないが、ミドリムシは葉緑体を持ち光合成をしながら、鞭毛《べんもう》で運動する性質を併せ持っていることから、学者の間でも動物か植物か判断が割れている。ところで君はどっちだと思う？」

打って変わって真面目な質問を向けられたため、僕はつい面食らってしまった。

記憶を探り、教科書で見たミドリムシの画像を思い出してみる。

「ええと……動くなら、やっぱり分類的には動物なんじゃないですか？　ムシって名前が付いているくらいですし」

「正解でもあり、間違いでもある。動物的特性は確かにミドリムシの植物性を否定する一因ではあるが、名前はあくまで先人が付けたものを便宜的に利用しているだけだ。名が体を示すというのは、一歩間違えば危険な考え方だよ。植物と動物という分類だって、突き詰めれば人間が勝手に定めた尺度に過ぎないんだ」

蒔苗さんは僕の回答を冷静に評価した。そういえば遺伝子学の優性・劣性という呼び方も、誤解を招くということで顕性・潜性に変更されたんだったか。蒔苗さんの言い振りは、自分の親に対する不信感も多分に含まれているようだが。

蒔苗さんはプランターの前で屈み、毛虫のような植物を興味深そうに観察している。案内板によるとモウセンゴケという食虫植物で感覚を有し、粘着質の毛に触れた獲物を葉で簀《す》巻《ま》きにして消化してしまうらしい。ヘンテコな進化を遂げた植物もいたものだ。

「少し話を広げてみようか。考える葦《あし》とは哲学者の例え話だが、文字通りの考える葦——思考する植物が存在すると仮定する。彼は感情を持ち、優れた知性を有し、時にはウィットに富んだジョークも言える、人間のよきパートナーだ。だが彼との意思疎通には高額な機械と専門家によるメンテナンスが必要となる。果たして人類は、彼に人権を与えるべきか否か？」

「それはいくらなんでも極端すぎるでしょう……」

思考実験は哲学者の仕事だ。僕ごとき凡人が頭を捻ったくらいで、世の中や人生の何かが変わるとはとても思えない。

蒔苗さんは徐に腰を上げ、思慮深げに長い息を吐き出した。

「かもしれない。だけど、生きていくということは、常にこれまでと違う価値観と戦っていくことなんだよ」

蒔苗さんの言葉は、僕の安直な考えを言い当てているようだった。

息を呑む僕の傍らで、蒔苗さんは憂いの表情で呟く。

「有する知性が高度でなければ人権を与える必要はないのか、虫の捕食や共生により光合成を必要としなくなった植物は植物と呼べるのか、逆に光合成を行えるようになった人間は社会的にどう扱われるべきなのか。それだけじゃない。貴族は生まれながらにして貴族なのか、動いているのは太陽か地球か、既存のルールや常識は本当に正義なのか、ゾンビを殺すのは人殺しなのか、命と社会を守るために個人の自由を制限することは善か悪か……突拍子もない選択を迫られる時は、いつだって唐突にやってくる。前例がないから正解なんて誰にも分からない。その時になってからネットで検索したって遅いんだ」

蒔苗さんは顔をこちらに向け、朗らかに微笑んだ。

「だから人間は知識を蓄え、経験を積み、考えるんだよ。然るべき時に正しい選択をするためにね」

相槌を打とうとしたが言葉にならず、僕は一度頷くのが精一杯だった。どうして気付かなかったんだろう。先の知性を持った植物の件は、ただの例え話じゃなくて、蒔苗さんの未来を言い換えたものでもあったということに。

ひとつ目のドームの終着点は、ささやかな人工の滝が注いでいた。緑に囲まれたそこは見るからに映えるスポットで、今もカップルが自撮り写真を撮っている。

手すりに寄りかかって滝を眺めながら、蒔苗さんは僕に尋ねてきた。

「どうだい？　植物にはまだ苦手意識があるか？」

世間話の体でこそあったものの、蒔苗さんの本当の目的はこれだったのかもしれないと僕は直感した。自分が植物園に行きたいというのはあくまで建前に過ぎず、僕の植物に対するトラウマの程を見極めるのが本命だったんじゃないか、と。

蒔苗さんを安心させる意味も含め、僕は首をはっきりと横に振った。

「不思議ですね。一時期は『できることならもう見たくもない』と思っていましたけど、今こうして眺めている分には安心するくらいです」

「そうか。まぁ、植物がなければ、あらゆる動物は生きていけないからな。植物が発するフィトンチッドが、ある程度のリフレッシュ効果をもたらしてくれることは事実だ。強烈なトラウマがあればその限りではないが、君がそうでなかったことはせめてもの救いだな」

本能レベルで定められた共生関係というわけだ。運命的なロマンのようでもあるが、ある種の呪縛のようでもある。

僕は手を翳し、遠目に見える緑に視線を重ねてみる。

「植物にとっても、人間は不可欠な存在なんでしょうか？」

「どうだろうな。一説によると、中国に生息するユリの一種が地味な色合いをしているのは、人間に採取されないよう進化した結果とも言われている。植物にとって動物が不可欠な存在であることはその通りだが、その動物が人間である必要はないのかもしれないな」

「結局は人間の片思いですか。夢のない話ですね」

絶滅危惧種の植物を守るべく人類があれこれ手を尽くしているというのに、当の植物はそもそも人類なんていなくなればいいと思っているわけだ。人類が絶滅した世界で、植物がのびのびと繁茂しているフィクションの風景は、割と的を射ているのかもしれない。

肩を竦める僕の皮肉がツボに入ったのか、蒔苗さんは豪快に笑った。

「ふははっ、片思いでもいいじゃないか。大切なのはその思いをどう行動に繋げるかだ。植物に惚れ込んだ人間が真心込めて尽くしてやれば、植物の方も人間に報いようとして、やがてあっと驚くような進化を遂げるかもしれないぞ」

「そんなものでしょうかね」

仮にそんな劇的な進化が訪れるとしても、数百年後の話だろう。それまでに僕はおろか人類が生き残っているかさえ怪しいものだ。

飽きもせず緑を瞳に映し続ける蒔苗さんを見て、僕は遅まきの疑問を口にした。

「あの、今さらですけど、蒔苗さんはどうしてそんなに植物が好きなんですか？」

「うん？　植物を好きになることに理由が必要かい？」

「他の人ならそんなに気にしなかったですけど、蒔苗さんの場合はちょっと。体内の植物のせいで苦しんでいる蒔苗さんが、こんな風に植物を愛でるっていうのは、何かしっくりこなくて」

植物がもたらすリラックス効果が事実だとしても、積極的に関わるかは別問題であるように思う。僕自身、蒔苗さんに誘われなければ、こうして植物園に来ることがあったかも分からないくらいだ。

蒔苗さんは手すりの上で器用に頰杖《ほおづえ》を突いた。そんな粗野な姿勢も、とても様になっている。

「まぁ、正直に言うと、私も最初はそんなに好きじゃなかったんだ。いや、もっと言うなら今でも植物そのものを特段好んでいるというわけではないかな。私の興味の源泉は、もっぱら植物の向こう側にいる人間の方にある」

「向こう側の人間、ですか？」

「ああ。羽斗くん、君は今日、この植物園でたくさんの植物と出会ったな。では君がどこかの山にハイキングに赴いたとして、そこに生息する植物を正確に見分けることができるようになると思うか？」

　僕は渋面を作った。答えが決まり切った問いは、受ける側としては面白くない。

「……無理ですよ、たった一日じゃ」

「ふははっ、じゃあ一年通い詰めれば可能かい？　前にも言ったと思うが、地球上で名前を付けられた植物は四十万種にも上る。そしてほとんどの人間は、そのうちのほんの数十種ほどすら知らないまま一生を終える。この植物園を訪れて『雑草という名の草はないんだ』と感銘を受けた人々だって、園の外に出れば雑草呼びに元通りだろう。衣食住に関係ない植物なんてそんなものさ、細かく分類して名付けるほどの意味なんてないんだよ」

　確かに四十万種もあったら、名前を流し読みするだけでも膨大な時間がかかることだろう。内容が重複していても気付けなさそうだ。

どこか遠くの世界に想いを馳せるように、蒔苗さんは目を細める。

「酔狂なことじゃないか。誰も気にも留めないような植物をひとつひとつ見比べ、僅かな差異も見逃さず、長い時間をかけて生長を観察して論文を提出して、新種を発見したと思ったらとっくに他の誰かが見つけていて……名誉欲で片付けるにはあまりにも気長な話さ。それでも、そういう酔狂な人々の努力の積み重ねによって、今や四十万種もの植物に名前が与えられた。彼らは路傍の草花を、『雑草』と呼んで置き去りにはしなかった。似通った植物を安直に同列視したりせず、全てに等しく名を付ける価値があると信じ、人生を賭した成果を未来に託したんだ」

スマホもネットも、或いはカメラや車すらもない時代、それは一体どれほどの困難を極めたことだろう。写真は撮れずデッサンと記憶だけが頼りで、膨大な文献はワード検索もなしに確認しなければならず、心許《こころもと》ない装備で過酷な自然に身を投じ、ようやくまとまった情報は手書きで執筆して……想像を絶する苦労があったことは間違いない。知性と好奇心を武器に戦い抜いた彼らに、僕も気持ちばかりの敬意を表さずにはいられない。

そして同時に察した。これは在りし日、僕が敗北した質問ゲームの回答の本質でもあるということを。

蒔苗さんは手すりを離れて伸びをすると、にこやかに締め括った。

「そういう人々の想いの片鱗《へんりん》に触れるのが、私は好きなんだ」

慈愛に満ちたその言葉は僕だけでなく、植物に生涯を捧げた酔狂な先人たちにも向けられていた。


入園は十時頃だったはずなのに、温室ドームを出た時には、壁かけ時計は十二時のずっと先を指していた。

楽しい時間が過ぎるのは、早い。

「おや、もうこんな時間か。園内にレストランはあったかな」

僕はある意味、この時間を最も待ち望んでいた。

僕はリュックを下ろし、中からナフキンに包んだ弁当箱を持ち上げてみせる。

「あの、僕、お弁当を作ってきたんですけど、よかったら一緒に」

「おっ、気が利くねぇ。それじゃあ遠慮なくいただこうか」

蒔苗さんが嬉しそうに応じてくれたので、僕たちは正面玄関前の広場のベンチで昼食に興じることにした。温室の中にいたせいで外気がより肌寒く感じてしまう。

弁当箱は余裕を持って三段のものを使用した。梅干しと昆布が載った米、唐揚げに卵焼きにミニサラダ、鮭《さけ》の塩焼きにきんぴらごぼうと豊富なメニューだ。

彩り豊かな弁当の中身を見た蒔苗さんは、それだけで安心したように微笑んだ。

「……ふふっ、本当にもう心配はないみたいだな」

「ええ、僕としてはこのことを蒔苗さんに伝えるのが、今日一番の目的でした」

お母さんとの和解と、家庭環境の改善、そして僕自身の志。僕の現状を伝えるのに、これ以上のものはないだろう。

手を合わせて「いただきます」と言った蒔苗さんは、黒手袋をはめたまま紙皿と割り箸を使い、手始めに卵焼きに手をつける。蒔苗さんの口に吸い込まれるそれを、僕は緊張の面持ちで見送る。

半分を咀嚼して飲み込んだ蒔苗さんは、満足そうな表情で親指を立てた。

「うむ、絶品だ。この卵焼き、コンソメとチーズ入りで洋風に仕上げているな。これだけで充分箸が進む」

「お世辞でも嬉しいですね、褒められるのって」

僕はホッと胸を撫で下ろした。料理を他人に振る舞うのは初めてだが、ここまで緊張するものだとは思わなかった。

蒔苗さんは齧りかけの残り半分の卵焼きを、感慨深そうに見つめる。

「誇らしいね。君のミシュラン入りの伝説は、この卵焼きから始まったわけだ」

「正直、そういう権威のありがたさはよく分からなくて。ひとりで切り盛りできる程度の小さな店を開いて、身近な人に美味しいって思ってもらえれば僕にとってはそれで充分です」

「いいね。近所でオープンしたら、毎日でも通いたいくらいだよ」

「通ってくださいよ、毎日」

我知らず、僕は鋭い声でそう言っていた。

朗らかな会話の雰囲気が一転し、蒔苗さんが微かに動揺の気配を見せた。

僕はベンチに座ったまま、蒔苗さんの目をじっと見つめて詰め寄る。

「蒔苗さんはどんな料理が好きなんですか？　和洋中どれでもそれ以外でも、開くお店は蒔苗さんの好みに合わせます。いえ、お店なんか開かなくたって、僕は毎日でも蒔苗さんのためにご飯を作りますよ。一度食べたら最後、二度と病院食に戻れないくらい美味しい料理を、三食手塩にかけて。蒔苗さんが望むなら明日からだってそうします、もうバイト辞めたので自由な時間は結構ありますし。そういえば、今日のお弁当は何も考えずに作っちゃいましたけど、蒔苗さんってアレルギーとか大丈夫──」

蒔苗さんは手を翳して僕を制し、紙皿と箸を置いて立ち上がった。

正面にそびえる植物園のシンボル──蔦が絡まった巨大な切り株を、蒔苗さんは無言でじっと見据える。ただならぬ気配に、僕は口を噤んで蒔苗さんを見守ることしかできない。

ややあって、蒔苗さんは切り株に顔を向けたまま口を開けた。

「羽斗くん、ゲームをしよう」

僕の中で、もどかしさと苛立ちが綯《な》い交《ま》ぜになった感情が沸き上がった。

腰を上げ、蒔苗さんの背に向けて必死に訴える。

「蒔苗さん、逃げないでください。僕は真剣なんです」

「逃げているのは君だろう」

蒔苗さんは振り返り、まっすぐ僕の目を見つめ返してきた。

決闘を控えた剣士にも劣らない鋭利な眼差《まなざ》しに射竦められ、僕は閉口を余儀なくされる。生半可な言葉を口にしようものなら舌を切り落とされかねないと、本気で錯覚してしまうほどの威圧感だった。

蒔苗さんは胸に片手を当て、凛と響く声で告げる。

「そして私はいつだって君以上に真剣だ。その私に不服があるのなら、いじましく情に訴えたりせず、厳然としたルールに則って望む答えを引き出してみせたまえ」

もはや問答の余地がないことは火を見るより明らかだった。

この世界は、正しい知識と想像力を欠いた人間に選択する権利はなく、代わりに優しくできている——かつての蒔苗さんの台詞が鮮明に思い出される。望む未来を選びたいなら、蒔苗さんの言う通り、ゲームに勝つしかない。

僕は俯き、断腸の思いで蒔苗さんの提案を受け入れた。

「……分かりましたよ。二十の質問ゲーム、ですよね」

「もちろん。お題は『私が今何を考えているか』。制限時間は今日のデートが終わるまでだ」

腹を決めた僕に不敵に笑い、蒔苗さんは人差し指を立てる。

「そして、今回は特別ルールを追加しよう。回答権は一度きり、それ以降は既定の質問数に達していなくてもゲームは打ち止めだ。そして、正解が導きだせなかった場合、羽斗くんには今後一切私と接することを禁ずる」

「なっ、何でそんな」

あまりにも一方的すぎるルール設定に僕が憤慨しかけると、蒔苗さんは人差し指を左右に振って抑揚たっぷりに言う。

「おや、外すのが怖いのかい？　私は羽斗くんの全てを見抜いていたというのに、羽斗くんの方は実はそれほど私のことを理解してくれていないというわけだ」

無敵の論理で挑発されれば、僕としても矛を収めざるを得ない。

それに、見方によってはこれは好機だ。意図してか否か、いずれにせよ莳苗さんの方から舞台を整えてくれたのは僥倖《ぎょうこう》だ。

せめて一矢報いるべく、僕は妥協ラインを提示する。

「……いいですよ。でもその条件では、僕が一方的にリスクを負うことになります。だから僕が正解したら、僕の言うことを何でもひとつ聞くと約束してください」

「ああ、それで構わない。始めよう」

鷹揚《おうよう》に頷く莳苗さんは、よほど当てられない自信があるのか、それとも当てられても構わないと思っているのか。

どちらにせよ、僕のやることはひとつ。莳苗さんのことを考え、情報を引き出し、正解を導き出す、それだけだ。

ベンチに座って昼食を再開しながら、僕は挨拶代わりに簡単な質問をする。

「それは、莳苗さんの今の病気に関することですか？」

「ノーだな」

「では、蒔苗さん自身に関することですか？」

「ノー」

「それについて考えると、いい気分になりますか？」

「ふふ、イエスだよ」

質問を通して分かることは、単純なイエス・ノーの答えだけじゃない。蒔苗さんの答え方、表情、仕草、その全てが回答の奥に隠された感情を雄弁に物語っている。楽しい時間だった。蒔苗さんのことを、もっと知りたい。

昼食を終え、僕たちはふたつ目の温室ドーム巡りを始めた。

香気を盛んに発する花々もそっちのけで、僕は蒔苗さんへの質問を考える。

「仕事で読む医学書以外にも、小説とかを読んだりしますか？」

「イエス。他にやることもないし、暇さえあればという感じだな」

「SFかミステリーかで言ったら、SF派ですか？」

「イエス。フィリップ・ディックやロバート・ハインラインなどは特にいい。未知のテクノロジーや特殊な世界観というのはそれだけで胸が躍る」

「では、小説家になりたいと思ったことはありますか？」

「んー……それはノーだ。暇潰しに試してみたことはあるが、私の書いた小説は、どうもお人形遊び以上のものになってくれないようでな」

お題と無関係な質問をしているのは、余裕の表れではない。どころか僕は焦っていた。蒔苗さんのことを新しく知るたびに、比例して知らないことが増えていく。蒔苗さんの言う通り、僕は自分で思うほど蒔苗さんのことを理解できていなかったらしい。

問いかけて、答えを聞くと、また新たな疑問が生まれる。どれだけの時間を費やしても足りそうにない。月並みな言葉だけど、この時間が一生続いてほしいと僕は本気で願っていた。

それでも、ゲームの質問も、デートの時間も、終わりは着実に迫ってくる。

「おっと、もう終わりか。あっという間だったな」

蒔苗さんの言葉で、僕は温室の出口が早くも目前に迫っていることに、遅まきながら気付かされた。

ふたつ目の温室を出てしまえば、もうこの植物園にめぼしいスポットはない。

「さて、質問はさっきので十六回目だったかな？　そろそろ大詰めが近いぞ。次の質問はどうする？」

蒔苗さんに促された僕は、焦るあまり、するべきか否かずっと決めあぐねていた質問を安易に口にしてしまった。

「蒔苗さんは、本当は死ぬのが怖いんじゃないですか？」

時間が止まったと、僕は本気で思った。

その原因は、僕が見つめる蒔苗さんが、毛先の一本に至るまで全ての動きを止めたせいだ。蒔苗さんの背後では相変わらず喧騒が続いているのに、彼女ひとりだけが正常な世界から締め出されたように凍りついている。

とめどなく震える蒔苗さんの口元から、掠れた声が零《こぼ》れ出る。

「そんな……そんなの……」

一瞬、僕の目には、蒔苗さんが笑おうとしているような気がした。イエスにせよノーにせよ、蒔苗さんにとっては笑い飛ばす程度の質問でしかないと、浅はかにも僕はそう思い込んでいた。

次の瞬間、蒔苗さんの口から迸《ほとばし》ったのは、耳を劈《つんざ》く大音声だった。

「そんなの、当たり前だろッ！」

鼓膜が痺れるほどの声量に、視界にいる全ての客の視線が僕らに集中した。

僕もまた内心で驚いてはいたが、思いのほか冷静でいることができていた。周囲の人間の驚愕が、逆に僕を落ち着かせていたのかもしれない。或いは僕がここで取り乱せば、蒔苗さんの最後の支えがなくなってしまうと、そんな義務感が僕の中にあったのかもしれない。

蒔苗さんはぐちゃぐちゃになった顔で僕の胸ぐらを掴み、荒ぶる感情を剝き出しにして僕にぶつけてくる。

「怖いに決まってるだろッ！　死ぬって何だよ、死んだら人はどうなるんだよ！　やりたいことだってなりたいものだって、これからいくらでもあったのに、何で私ばっかり！　こんな訳の分からねぇ病気になったせいで私の人生は滅茶苦茶だよ！　何が『子ガチャに失敗した』だ、クソ親父《おやじ》が偉そうに！　専門外の手術で医療ミスぶっこいたのはテメェの落ち度だろうが！　免停食らった落ち目の医者が反省もせず変な商売始め出して、挙句の果てに私が犯されかけたら『未遂じゃ慰謝料は取れない』だとかほざき出すクソ野郎なんてこっちから願い下げだっつーんだよ！　あんなDV野郎に媚《こ》びへつらう母親も同罪だ！　どいつもこいつも私が女ってだけで舐めた態度取りやがって！　本当は若手の芽衣なんかよりもっとベテランの研究者が窓口になってほしかったのに！　辛気臭い花屋のバイトがようやくいい顔をするようになったと思ったら、今度はその親が意味不明な因縁をつけてくるし、何なんだよもう私はカウンセラーじゃねーっつーの！　そんでせっかく気ぃ遣って反撃せずにいたのに放火とかやりやがってマジで意味分かんねぇよ！　死んだら私の我慢が全部台無しになるところだったじゃねぇか！『神は乗り越えられる試練しか与えない』とかふざけてんのか、三ヵ月ごとに手術合併症に怯える奴の気持ちも知らねぇで好き放題言ってんじゃねぇよ！　高みの見物で気まぐれの試練を与える神様なんか、そんな神様なんか……！」

僕の胸ぐらから力なく手を離した蒔苗さんは、その場に崩れるようにへたり込み、人目も憚らず絶叫した。

「神様なんか、クソッタレだあぁぁ――――！」

それは蒔苗さんが今日まで押し込めてきた、魂の叫びだった。

僕のズボンの膝を握り締め、蒔苗さんは嗚咽《おえつ》を上げている。初めて見る蒔苗さんの涙が、僕の心をひどく締めつけてくる。

いつの間にか園職員を含めた野次馬が僕らの周りに集まっていたが、ただならぬ気配を感じてか、誰もおいそれと話しかけようとしてこない。

僕はといえば、蒔苗さんを強引に立たせることも急《せ》かすこともなく、しゃがんで蒔苗さんに寄り添っていた。情けないことだとは思いつつも、僕が思い浮かぶどんな叱咤《しった》も激励も、今の蒔苗さんには気休めにすらならないと、痛いほど理解できていたから。

このまま何時間でも、夜までも、何日でも泣きじゃくる蒔苗さんに付き合い続けるつもりでいたが、背後で聞こえたカメラのシャッター音がそれを許さなかった。

写真を撮ってどうするつもりだ、傷ついた蒔苗さんを晒し者にするのがそんなに楽しいか、今すぐ消せ。そう詰め寄るつもりで立ち上がりかけた僕は、蒔苗さんに乱暴に襟を摑まれたせいで再び膝をついてしまった。

「羽斗くん、おんぶ」

「え？」

聞き違いを疑い、僕は反射的に訊き返した。

蒔苗さんは充血した目で僕を見、不機嫌そうに言い放つ。

「女の子を泣かせた罪は重いのだぞ。さあ、おぶって私を病院まで連れて行きたまえ。くれぐれも粗相のないようにな」

有無を言わさない語調で言われれば、従うより他ない。

僕は苦笑し、不器用に恭しく一礼した。

「はいはい、分かりましたよ、女王様の仰せのままに」

僕が片膝ついて蒔苗さんを促すと、蒔苗さんは本当に僕の背に身体を預けてきた。

年上の成人女性だからそれなりに覚悟していたが、思ったより軽い。蒔苗さんの命を文字通り背負ったことで、全身が普段以上に力んでいたのかもしれない。

一歩踏み出す。問題ない。周囲の人の奇異の視線を無視し、僕は確かな足取りで歩き出す。擦れ違いざま、スマホをこちらに向けるカップルを睨みつけたところ、ふたりはばつが悪そうに顔を見合わせて退散していった。

退場ゲートを抜け、駅へと向かう道すがら、蒔苗さんは僕の耳元で自嘲した。

「さぞ失望しただろう、あんなみっともない私を見て」

その口調があまりにも弱々しいものだから、僕は却《かえ》っておかしくなってしまった。

背中越しでも伝わるよう、僕はきっぱりと首を横に振ってみせる。

「そんなわけないでしょう。むしろあんなに溜まり溜まったストレスを、よく今日まで隠し通したと感心したくらいですよ。蒔苗さんは、やっぱりすごい人です」

「……褒めても何も出ないぞ」

「自分が気を遣われるほどの大物だと思っているんですか」

いつかの日、蒔苗さんから聞いた言葉で僕が切り返すと、背中越しに含み笑いの気配が伝わってきた。

質問権は残り三回。無駄打ちはできないが、それでも訊かずにはいられない。

「蒔苗さん、今、こうしてあなたをおんぶしているのは、必ずしも僕である必要はありませんでしたか？」

蒔苗さんは僕の耳元で、吐息交じりに囁《ささや》いた。

「ノーだよ」

止めそうになった足を、僕は無心に動かし続ける。

何で僕と関わったんですか。どうしてそんな未来を選択するんですか。そう訊きたい気持ちはあったけど、今の僕にそれは許されない。質問はイエスかノーで答えられるもの、それがゲームの大原則だから。

駅に近付くにつれ、必然的に擦れ違う人も増えてくる。改札の辺りで羞恥に耐え兼ねたらしく、蒔苗さんは僕の背中を軽く叩き、消え入りそうな声で申し出た。

「下ろせ、羽斗くん。これ結構恥ずかしい」

「気付くのが遅すぎますよ、蒔苗さん」

背中から下ろした時の蒔苗さんは顔を背けていたが、それでもはっきりと分かるほど顔を真っ赤にしていた。またもや蒔苗さんの新しい一面を発見してしまった。

それから僕と蒔苗さんは、最寄り駅に着くまで無言だった。蒔苗さんは僕以上に疲れていたようで、電車内では僕の肩に頭を預けて無防備にうつらうつらしている。

電車を降り、病院行きのバスターミナルに到着すれば、そこがデートの終着点だ。

散々泣いてすっきりしたのか、今の蒔苗さんの表情は至って爽やかなものだ。

「ありがとう、今日は楽しかったよ。冥土の土産としても申し分ないくらいにな」

「……本当に、本気なんですね」

そんな吹っ切れたような表情をしないでほしい。苦しい思いを抑えてまで、凛々しく、誇り高く在ろうとしないでほしい。愚痴も悩みも泣き言も、僕が受け止めてあげるから。それくらいしかできなくても、それくらいならできるから。

僕は蒔苗さんの左手を取り、有無を言わさず黒手袋を剝ぎ取った。露になった素肌は、以前見た時よりもさらに鋭角を増しているように思えた。

赤茶けたゴツゴツの手を、僕は迷わず両手で包み込む。

驚いた蒔苗さんが手を引こうと力を込めたが、譲らない。硬質化したセルロースが僕の手に食い込んで痛みを訴えてきたが、構うものか。初めて触れる蒔苗さんの手は、ぞっとするほど冷たかった。

今度は僕が蒔苗さんに縋る番だった。

「考え直してください。病気なら僕が世界中を回って治せる人を探します。いえ、僕が医者になって治してみせます。それもダメだったら、僕の臓器を全部蒔苗さんにあげたっていい。前の質問の答え、今なら自信を持って言えます。たとえ蒔苗さんがどんな姿になろうとも、僕は絶対に──」

言葉半ばで、蒔苗さんは僕の頭に右手を載せた。

絶対に自分の顔を見させないようにするかのように、不自然なほどに力を込めて。

「年上の女性は、君のタイプじゃなかったはずだよ」

いつかの僕の回答が、時間を越えて突き刺さる。回答に偽りがあってはならないというルールが、僕の体を縛りつける。

潤んだ声でそう言われれば、僕は左手を離して身を引く他ない。僕と蒔苗さんを繋ぎ、お互いの誠実さを担保してきたルールを裏切ることだけはできない。ゲームはまだ続いている。今、僕がそれを反故《ほご》にすれば、全て水泡に帰してしまう。

しばらくして落ち着きを取り戻した蒔苗さんは、左手に手袋をはめ直し、ポーチから取り出したものを僕に差し出した。

「これを君に託すよ」

それは手のひらに収まる程度の、コルク栓をされた小瓶だった。

琥珀色の液体で満たされた瓶中では、白い繊維状の物質が漂い、瓶底には小さなどす黒い球体がいくつも沈殿している。瓶の外周半分を覆うような形で、白い紙片のようなものも封入されている。

蒔苗さんの検体だ。視線で意味を問うてみると、蒔苗さんは滔々と説明した。

「芽衣に渡した研究用とは別に用意した。一緒に入っているラミネートの中身は、今回の質問ゲームの答えが書かれた紙だよ。気になるなら開けて確かめてもいいが、開けると中身が劣化するから、捨てると決めた時に開けてくれ」

ギョッとした僕は反射的に小瓶を握り締めてしまった。割れないようすぐに力を抜いたが、今度は手のひらから零れ落ちそうになってしまい、慌ててもう片方の手を添える。

落とさないよう、力を入れすぎないよう、僕は両手で包むように小瓶を持ち直す。暴れまくる心臓を宥めすかし、そっと開いた両手の隙間から中身を検める。

始まりがずいぶん唐突だったように思えたが、今日のデートで二十の質問ゲームを行うことは、とっくの昔から蒔苗さんの既定路線だったわけだ。

「……趣味が悪いですよ、こんなもの贈るなんて」

重い女どころの騒ぎではない。恨めしさすら込めて僕がそう言うと、蒔苗さんはすっかりいつもの調子で三文芝居に興ずる。

「ふふ、さて困ったな。羽斗少年は、大好きな蒔苗お姉さんの大事なプレゼントを失うわけにはいかない。だが開けなければ答えは分からない。あぁ何たるジレンマ、何か円満に解決するための冴えた方法は……そう、ひとつだけあるな」

蒔苗さんは親指と人差し指を立て、挑戦的に左右に振ってみせた。

「まだ君には質問権がふたつ残されている。私のことを誰よりも知っている君なら、きっとこの土壇場からも正解を導き出せるさ。さて、どうする？」

催促されるまでもない。僕は昼以降ずっとゲームのことを考えていて、切り出すタイミングを見計らっていただけなのだから。

残るふたつの質問は、とっくに定まっている。

「蒔苗さんが『考えていること』は、僕に関することですか？」

蒔苗さんの口の端が、嬉しそうに持ち上がる。

「イエス。さぁ、これで最後だ。『私が何を考えているか』、その答えは？」

蒔苗さんの命運は、僕の次の言葉に委ねられている。

僕は目を閉じて深呼吸し、一息に言った。

「蒔苗さんは、僕のことが大好きで、結婚して一生添い遂げたいと思っている」

言葉にした瞬間、あるはずのない光景が僕の眼前に広がる。

指輪を受け取って涙ぐむ蒔苗さん、純白のウェディングドレスを着て恥ずかしそうに笑う蒔苗さん、窓辺の陽《ひ》だまりで穏やかに我が子を抱っこする蒔苗さん——

僕が幻視した幸せな未来は、蒔苗さんの一言によって幻と消えた。

「残念、ノーだ」

後ろ手を組んで審判を下す蒔苗さんが、どこか満足げであるように見えたのは、僕の自意識過剰ではないと思いたいけれど。

二十の質問を終え、敗者の烙印《らくいん》を捺された僕に、それを問う資格はない。

「そうですか、僕の完全敗北ですね。お見事」

僕が素直に蒔苗さんの勝利を祝うと、蒔苗さんもまた僕の健闘を讃えてくれた。

「ふふん、まぁ気を落とすな。回答にかこつけて愛の告白をするなんて、なかなか味な真似をするじゃないか。初対面からは想像もできない成長ぶりだ」

停留所に病院行きのバスが滑り込み、ドアが開く。

颯爽と乗り込む蒔苗さんを、今は不思議と落ち着いて見届けることができた。

ステップに上がった蒔苗さんは、僕に向かって不敵に微笑み、手を振ってきた。

「じゃあな、羽斗くん。君なら必ず、正しい選択ができると信じているよ」

正真正銘、それが最後だった。蒔苗さんはバス停と反対側の座席に座り、二度とこちらを見ようともしなかった。

バスが発車し、ビル陰に隠れて見えなくなった後も、僕はしばらくその場に佇んでいた。ひんやりと冷たい小瓶の感触だけが、僕を現実に引き留めてくれていた。

ホスピスに転院した蒔苗さんが亡くなったことを知ったのは、それから六十三日後のことだった。

第七章

芽吹き出す未来

2LDKのアパートは、燃えてしまった一軒家と比べれば手狭だが、今の僕は以前よりもずっと快適な生活を送れている。

花屋でのバイトを辞めた僕と入れ替わるように、お母さんは近所のスーパーでパートを始めた。毎週通っていた怪しげな健康サロンも、既に退会手続きを済ませたようだ。バイトがなくなって自由時間が増えたため、今は僕が家事を担当している。

仕事から帰ったお母さんと囲む食卓は穏やかなものだ。肉じゃがに白米に味噌汁《みそしる》、ありふれた普通の食事が臓腑に染みる。

「この肉じゃが、とっても美味しい。どうやって作ったの？」

「よかった、分かりやすい料理チャンネルがあったから参考にしてみたんだ」

親子で交わす言葉も、ようやくぎこちなさが少しずつ抜けてきた。完全に肩の力を抜くにはまだ時間がかかりそうだけど、それでも僕らにとっては大きな前進だ。

先に食事を済ませた僕が、流し台に食器を下げていると、不意にお母さんが僕の名を呼んだ。

「ねぇ、羽斗」

お母さんの雰囲気が改まったのを背中越しに感じたため、重要な話であることは察しがついた。内容についても、ある程度は。

お母さんは僕の反応を窺うように、ごく慎重に切り出す。

「来週辺りにね、そのね、羽斗に会ってほしい人がいるの。だから、羽斗の都合を聞いておきたいんだけど」

食器に水を浸していた僕は蛇口を止め、お母さんの方を振り返る。

思い詰めたようなその表情を見れば、もう疑う余地はない。

「お母さん、再婚するの？」

「……うん、まだしばらくはお付き合いって形になると思うけど」

お母さんが申し訳なさそうに頷いたのが、僕には解せなかった。『死んだお父さんを裏切るのか』と、僕が詰るとでも思っているんだろうか。

お母さんの誤解を解く意味も含め、僕はさっぱりと言い切った。

「そう。学校が終わった後なら、いつでも大丈夫だよ。もうバイトも辞めたし」

「……怒らないのね、再婚すること」

「何で僕が怒るのさ。むしろ安心してるくらいだよ。お母さんは、僕以外の誰かが傍にいてくれた方が絶対いいと思うし」

「はは、そうね。……本当に、羽斗の言う通りだわ」

お母さんは力なく笑い、またすぐに真剣な表情に戻る。まるで、自分には呑気に笑う資格がないとでも言うかのように。

不満がないのは本当だ。それでも、懸念がないといえばきっと嘘になる。

「再婚することに文句はないよ。お母さんの人生だから、お母さんの自由にすればいいと思う。でも、どうしても分からないことがあるんだ」

流し台から離れた僕は、お母さんの正面に座り直し、真っ向から尋ねた。

「大好きだったお父さんを失ったせいで、お母さんはあんなに悲しい想いをして、それでも愛する人と一緒にいることは本当に尊いことなの？」

種の保存だとか生物の本能だとか、そういう高尚な話をしたいわけじゃない。

健やかなる時も病める時もと神父に誓っても、それが嘘であれ真実であれ、終わりは厳然と訪れる。いずれ迎える別れで心を痛めるなら、初めから寄り添わない方がマシなんじゃないか。お母さんはもしかしたら、再婚相手のことが純粋に好きなわけじゃなくて、僕のために好きでもない人と再婚しようとしているんじゃないか。

それはお母さんだけではなく、未来の僕自身に対する問いかけでもあり。

それを理解してか、お母さんは唇を引き結び、断言した。

「ええ、言えるわ。それだけは間違いなく」

それは母親としての、そして人間としての矜持《きょうじ》を懸けた一言だった。

お母さんは瞼《まぶた》を閉じ、両手を組んで祈るように言葉を紡ぐ。

「かけがえのない大切な人を作ることはね、人生で一番大事なことなのよ。大切な人がいるから、失ったら悲しいと思うから、頑張って働こうと思えるし、前向きに生きようと思えるし、自分の命も大切にしようと思えるようになるの。その気持ちを次の世代に受け渡して、そうして人の営みは続いていくものなのよ。……羽斗を苦しめた私がこんなこと言っても、あまり説得力ないかもしれないけど」

「そんなことないよ。お母さんの言葉、今なら分かる気がする」

どこまでも自虐的なお母さんの手を握り、僕は口を開いた。あなたは自分で悲観するほど致命的な母親じゃない、ちゃんと分かっているよと、そう伝えるために。

お母さんは見る見るうちに瞳を潤ませると、やがて僕の手を両手で強く握り締め、振り絞るような声で懺悔《ざんげ》した。

「羽斗、本当にごめんなさい……！　大好きだった……！　あの人が死んで、本当に悲しくて……！　だから今度こそ失っちゃダメだって、私、その一心で……！」

僕はお母さんが泣き止《や》むまで、優しく肩を叩きながら諭し続けた。

「大丈夫だよ、ちゃんと分かってるから。お母さんが選んだ人と会う日を、楽しみにしてる」


下校前のホームルームで、そして菊池さんの家で、僕は二度に亘《わた》る謝罪を行った。

「菊池さんのヘアクリームに除毛剤を混ぜた犯人は僕です。本当に申し訳ありませんでした」

ここ最近謝ってばかりだなと、頭を下げる僕は他人事のように思った。

それからの僕の学校生活は、なかなか大変だった。あれほど菊池さんを嘲笑していた女子たちは、こぞって僕のことを槍玉《やりだま》に挙げ、排斥しようと意気込んでいた。菊池さんの家族に至っては言わずもがな、玄関先で僕を声高に詰り、学校まで押しかけて教師の責任をも追及する有り様だった。

そんな四面楚歌《しめんそか》の状況が、思ったより早く改善の一途を辿ったのは、他でもない菊池さんの助力があってのことだった。

意外なことに被害者の菊池さん本人は、玄関先で憤る両親に対し、僕を必要以上に責めるのを控えさせ、また復学後も敢えて僕との会話を重ねることで、女子生徒たちの僕への攻撃をそれとなく牽制していた。

正直なところ僕は高校退学、最悪のケースとして訴訟沙汰も覚悟していたから、菊池さんが僕をかばってくれたのは完全に想定外のことだった。友達がいない僕は当然のこと、菊池さんも自分を笑った友人への心証はよくないようで、今となっては互いが互いに学校で一番話す相手かもしれない。

放課後、菊池さんにふたりきりで話がしたいと言われた僕は、彼女を例の斧投げカフェに招待した。

重い手斧を的に向かってぶん投げる僕を眺め、菊池さんはしみじみと呟く。

「それにしても、本当に意外だわ。よりによって有坂がこんなことするなんてよ」

「怒らないんだね、菊池さん」

何の気なしに僕が言うと、菊池さんは手斧を胸の高さに持ち上げ、射殺すような視線で僕を貫いた。

「怒ってるに決まってんだろ、ぶっ殺すぞ」

「……ごめん」

この場所でその言葉は割と洒落にならない。素直に謝ると、菊池さんは鼻を鳴らし、手斧の的に狙いを定める。

　菊池さんの脱毛箇所は、今は豊かな黒髪に覆われていて、すっかり元通りだ。

「……でもまぁ、私も悪かったと思ってるし、ちゃんと正直に言ってくれたからな。あのまま犯人も目的も分からないまま、一生トラウマを抱えていたかもしれないと思うとゾッとするよ。怒ってはいるけど、私に責める権利はないと思ってる」

　放たれた斧は中心からは大きく逸《そ》れたものの、僕よりよっぽどいいコントロールをしている。斧投げは意外と女子の方が向いているのだろうか。

　交代でレーンに立ち、僕は率直な感想を述べる。

「冷静なんだね。菊池さんって、自分の非を絶対認めないタイプかと思ってた」

「お前さ、立場分かってる？　『悪かったと思ってる』って有坂に対してじゃないからな？　そっちこそ本当に反省してんのか？」

「不思議に思ってるんだよ。そういう自省ができるなら、最初からそんなことしなければよかったんじゃないの？　って」

　ブォン、と空を裂き、僕の手斧は菊池さんのそれよりずっと外側に突き刺さる。

　菊池さんは二本の手斧を引き抜きがてら、深刻な表情で吐露した。

「何ていうかさ……言葉が悪いけど、気分がいいんだよ。自分より劣っている奴を見下したり弄ったり、過激な言葉で周りの奴に笑ってもらえるのって。特に外見は勉強や運動と違って、よっぽどのことがない限り劣りようがねぇから、『私はこいつと違って安全圏にいる』って錯覚しちまうんだよ。だから孤立した奴をグループで平気で笑い物にして、ちょっと言い過ぎたと思っても『周りが笑ってくれてるからいいや』ってなって、正しさとか相手の気持ちより周りの奴らがどう思うかが行動基準になって……どんどん感覚が麻痺しちまって。バカだよな、私」

「言語化して反省できるだけ菊池さんは相当賢い方だよ」

手斧を受け取った僕は衒《てら》いなく言った。賢者は歴史に学び、愚者は経験に学ぶというが、この世には経験からすら学べない愚者未満が多すぎる。

手斧を軽々弄びながら、菊池さんは僕に尋ねてくる。

「ま、その〝よっぽどのこと〟に今回遭遇しちまったわけだけど、お陰で見た目をバカにされるのがどんなにつらいことか身に染みて分かったよ。お前があんなことしたの、榊原のためなんだろ？」

「いや、実はそういうわけでもなくて……」

「そこは嘘でも『そうだ』って言っときゃいいんだよ、めんどくせぇ奴だなっ！」

力任せに見せた菊池さんの一投は、的の中心近く、二周目円の内側に刺さった。

小さく拍手し、僕は逆に菊池さんに訊く。

「僕のことより、榊原さんとはどうなの？」

「今のところは何も。っていうか、榊原も私なんかと関わりたくねぇって思ってるんじゃねぇかな。謝らなくていいから金輪際放っとけ、みたいな感じで」

菊池さんは自嘲気味にそう答えた。彼女の考えは恐らく的を射ていると思うし、以前までの僕なら、それが無難な選択だと決めつけていたかもしれない。

だけど今の僕には、それが唯一の正解だと思えない理由がある。

「そうかもしれないけど、榊原さんに申し訳ないと思ってるなら、ちゃんと謝った方がいいんじゃないかな。菊池さんのさっきの言葉が必要なのは、僕じゃなくて榊原さんだし。気持ちを尊重して関係を絶つのは、その後からでも遅くないと思う」

自分の考えこそが最も合理的で正しいという考え方は、それ自体が誤りなのだ。人間はそんなに単純にできていない。一見相反するような感情だって、条件と状況次第でいくらでも変容し得る。

榊原さんが菊池さんを嫌う気持ちと、榊原さんが菊池さんと仲よくしたい気持ちは、彼女にとって絶対的に相容《あいい》れないものであるとは限らない。ともすればそれは榊原さん自身にも分からないことであり、見極めるにはやはり正面切って話し合うしかないのだ。

二十の質問ゲームが教えてくれた。相手を知ることは、自分を知ることであり、相手に伝えることでもあると。

僕の言いたいことは、ちゃんと菊池さんに伝わってくれたようだ。

腹を決めたように深呼吸し、菊池さんは呟く。

「……そうだな。何言われるか怖いけど、何言われても仕方ないことをしちまったもんな。だけど私、あいつとの共通の話題もないし、ふたりきりってのはやっぱりちょっとな……なぁ、お前に仲介を頼んでもいいか?」

「いいよ、それくらいなら全然……あ、そういえば僕、『二度と関わらないで』って榊原さんから言われてるんだった」

思い出した事実に手元が狂い、僕の斧は明後日《あさって》の方向に吹っ飛んでしまった。

手斧の軌跡を辿り、菊池さんは二重の意味を込めてぼやく。

「全然ダメじゃん」

菊池さんの突っ込みと同時に、第三者が近付く気配を感じ、僕と菊池さんは同時に振り返る。

僕たちの背後で、榊原さんがずっと聞き耳を立てていたことを知ったのは、それから数秒後の話。

医薬品研究者の式見芽衣さんが、学校を通して僕にコンタクトを取ってきたのは、蒔苗さんの死から一ヵ月後のことだった。

休日に会う約束を取りつけ、当日に指定の喫茶店に現れた式見さんは、白衣ではなくカジュアルなニットシャツにジーンズという装いだった。よほど多忙を極めているのか、眠そうな垂れ目の下には隈《くま》が浮かんでいる。

先に席についていた式見さんは、入店した僕の姿を認め、軽く手を振った。

「久し振り、羽斗くん」

軽く会釈し、僕はコーヒーを注文する。

正面に座る僕を見て、式見さんはしみじみと呟いた。

「お互いにいろいろあったみたいだね。……本当に、いろいろ」

この様子を見るに、火事の件についても蒔苗さんを通して承知の上だろう。詰られても仕方ない立場という自覚はあったが、式見さんの瞳に宿っていたのは敵意ではなく、何か不思議なものを見るようなそれだった。

届いたコーヒーを一口啜り、今度は僕の方から切り出す。

「研究の方は、順調なんですか？」

「うん。正直かなり博打《ばくち》だったけど、画像診断で分からなかった膵島の正確な情報が得られたお陰で随分と進展したよ。蒔苗にも墓前で報告してあげなくちゃね」

全身献体した蒔苗さんは、本当の意味でそこには存在しないだろうけれど、言及するだけ野暮というものだ。墓標は死者ではなく生者が気持ちの整理をつけるためのものなのだから。

蒔苗さんの死を想うことで、僕にも思い至ったことがある。

蒔苗さんは自らの命を医療の未来のために捧げ、そしてその覚悟が報われつつある。その事実だけを見れば尊ばれるべき自己犠牲精神だが、やはり違和感がある。研究スピードの鈍化も、容姿の将来的な劣化も、公的資金の圧迫に対する負い目も、理由としてはもっともらしい。僕が同じ立場でも生きることに嫌気が差してしまうかもしれない。それでも、いずれの理由に関しても、ずっとひとつの疑問がついて離れなかった。

即ち、なぜ今だったのか。

その答え合わせができる人間は、今となっては目の前の彼女しかいない。

「式見さん。知っていたらでいいんですけど、蒔苗さんが死を選んだのは、実は僕のためでもあったんじゃないですか？」

カップを持ちかけた式見さんの指が、微かに震えたのを僕は見た。

中途半端に指を取っ手に添えたまま、式見さんは訊き返してくる。

「……どうしてそう思うの？」

「蒔苗さんはこう考えたんじゃないでしょうか。このまま先の見えない延命治療を行えば、僕は料理人になる夢を捨てて、自分を治すべく医師になる道を選ぶんじゃないかと。生涯を自分の病気の治療法を確立するための研究に捧げるんじゃないか……と。そんな風に僕の未来を潰すことを、蒔苗さんは望まなかったんじゃないか。僕はそう思ったんです」

僕は蒔苗さんに人生を狂わされるなら本望だった。同時に僕のせいで蒔苗さんの人生を狂わせたくはなかった。だけど、蒔苗さんはそうじゃなかった。

より正確に言うなら、蒔苗さんにとっても、それは同じだったのだ。

詮なきことだと分かっていても、考えずにはいられない。僕があの花屋でバイトをしていなければ、或いは既に大学生だったなら、蒔苗さんは死ぬことはなかったんじゃないのかと。

ともすれば思い上がりとも取られかねない僕の発言を、式見さんは感慨深そうに受け止めている。

「……君は本当に、蒔苗のことを私以上に理解できているね」

明言こそしなかったけど、僕にとってはその答えだけで充分だった。どんな言葉を貰ったって、どうせ真実は闇の中なのだから。

コーヒーを一口啜って唇を湿らせ、式見さんは僕に問いかける。

「蒔苗が死んだ今、君はどんな大人になりたいと思うの？」

「最近、調理師だけじゃなくて、管理栄養士とのダブルライセンスにも興味が出てきたんです。病気とか何か理由があって普通の食事ができない人にも、美味しくて栄養のある料理を提供してあげられたらいいなって。美味しいものが食べられない人生は、すごく惨めですから」

「そっか。……それは、素敵な夢だね」

式見さんの一言は、やはり僕への嫌悪が感じられず、どこまでも僕の未来を想う気持ちが込められているようだった。蒔苗さんが式見さんを信頼して、込み入ったプライベートを話せるほどの友人関係となった理由が分かった気がする。

「蒔苗さんと式見さんは、一体どういう経緯で出会ったんですか？」

「二年半くらい前かな。蒔苗があちこちの大学病院や研究機関に問い合わせていた時期があったの。『私の特異体質を、何かの治療研究に活用できないか』って。大抵どこも門前払いだったらしいんだけど、大学の共同研究に参加してた私にも人伝《ひとづ》手《て》にその話が届いて、試しに蒔苗と会ってみることにしたんだ。最初はちょっとした興味本位のつもりだったんだけど、蒔苗ってあの性格でしょ？　頭の回転も速いし弁も立つから、すっかり『面白い子だな』って思うようになって」

「臓器の受け渡し契約を行ったのも、式見さんなんですか？」

「まさか、私にそんな権限ないよ。サンプルを使った実験と仮説で室長に働きかけて、半年くらいかけてようやくって感じだったかな。日本じゃ臓器売買の契約なんてできないから、蒔苗への謝礼は研究事務補助の給与に織り込んで、遺体は蒔苗の遺言による献体って形にしてね。頭の固い室長を説得するために、蒔苗と額を突き合わせていろいろ作戦会議もしたなぁ」

微笑を湛え、式見さんは回顧する。やはり蒔苗さんには人を惹きつける不思議な魅力があるようだ。

少しだけ、式見さんのことを羨ましく思った。できることなら僕も、蒔苗さんとは一方的に守られる子供としてではなく、対等に心の裡《うち》を吐露し合える関係で在りたかった。

そして同時に新たな興味が湧いた。蒔苗さんと式見さんの出会いは、単なる偶然や消去法とは限らないのではないかと。植物園では愚痴を爆発させていたが、本当は蒔苗さんの方もこの若き研究者に惹かれる何かがあって、だからこそ協力関係を築いたのではないかと。

「式見さんは、どうして医薬品研究の道に進もうと？」

「……あまりいい思い出じゃないんだけどね。小学生の時、私のクラスにI型糖尿病の女の子がいたんだ」

式見さんは目を伏せ、声を低めて語り始める。

「毎日保健室でインスリン注射を打って、腕は痣《あざ》と傷だらけだった。でも子供って残酷だよね。みんな彼女のことを大袈裟に気味悪がって、笑い物にした。『実は麻薬でもやってんだろ』ってね。糖尿病患者は、血糖値の調整のために給食を控えたり、副作用の予防のために飴玉《あめだま》を舐めたりすることがあるんだけど、それも『お前だけ給食じゃなくてお菓子を食べててずるい』『そんなものばっかり食べてるからビョーキになるんだろ』って槍玉に挙げられてね。結局その子は、学校で注射を打たなくなって、給食も無理して普通の量を食べるようになって……ある日、グルコースパイクによる脳梗塞で急死したの」

式見さんの語り口には一切の淀みがない。十年以上も前の話であるはずなのに、まるで昨日の出来事を語っているかのようだ。

式見さんは溜息を吐き、唇を嚙む。

「他人事みたいに言ってるけど、私も彼女を笑い物にしていた側。月並みな言い訳だけど、当時はクラスの多数派から排斥されるのが怖かったの。あんな下らない連中のご機嫌を取って、そのためにかけがえのない友達を失って……本当に私は愚かだった。死んだあの子はもう戻らないけど、せめて医学の力で、同じ境遇の子供を少しでも救えたらと思って」

式見さんのその告白で、僕はようやく合点が行った。一企業の研究者が蒔苗さんに興味を示し、全面的に協力した経緯には、式見さんの過去と後悔も関係していたわけだ。そんな式見さんだからこそ、蒔苗さんも安心して命を預けられたのだろう。

「蒔苗さんと協力して、彼女の遺志を継いだのも、式見さんなりの償いの一環だったんですね」

「まぁ、これで帳消しになるとは思わないけど、手遅れだからって何もしないのは一番卑怯《ひきょう》だと思うから。彼女たちの命を一生背負う覚悟はできているつもり」

カップに残ったコーヒーを式見さんは一息に飲み干した。死んだふたりと交わす誓いの杯に見えたのは、きっと僕が感傷的になっているせいではない。

カップを置き、式見さんは自分に言い聞かせるように締め括った。

「今、私たちが研究している新型の血糖調整薬が完成すれば、糖尿病患者もインスリン注射を打たずに普通の食事や生活ができるようになる。遺伝的な肥満に対する有効手段にもなるかもしれないし、そうなれば惨めな思いをする子供たちが劇的に減る。実用化にはまだまだ多くのハードルがあるけど、成し遂げてみせるよ」

「必ず実用化してくださいね。蒔苗さんは、そのためにあなたに自分の命を託したんですから」

僕もまた冷めたコーヒーを飲み干し、席を立った。

釘を刺された式見さんは、寂しげに頷いて微笑む。

「分かってる。失敗したら、蒔苗に呪われちゃうもんね」

「死人は何もできませんよ。仮にできたとしても、蒔苗さんは親友のあなたを呪い殺すことなんてしないでしょう」

財布から取り出した千円札をテーブルに置き、僕は式見さんに告げた。

「だから、もし失敗したら、僕があなたを殺します」

式見さんの静かな動揺が、空気の揺らぎだけで伝わってきた。

　虚言でも憎悪でも脅迫でもなく、それは純然とした宣告だった。

式見さんに〝失敗する〟という選択肢はない。人生を懸けて挑戦し続ければ、得られる結果は〝成功する〟もしくは〝その前に死ぬ〟の二択しかないのだから。

　式見さんが僕の意図をどこまで汲《く》んでくれたか、正確には分からないけれど。

「……全く、蒔苗は死んでも一筋縄じゃいかないな」

　困ったように笑う式見さんを見れば、不安に思うことは何もなかった。

終章　正しい選択

その日、僕は蒔苗さんが入院していた病院を訪れていた。

病院裏手にある小さな花壇には、相変わらず人気がない。

世界から取り残されたようなその静けさが、今の僕にはちょうどよかった。これから僕がやることは、絶対に誰にも見られたくなかった。

花がら摘みをされ、蒔苗さんが花壇に植え替えた花たちは、本格的な冷え込みもあってか全部萎れてしまっている。ちゃんと新しい花は咲かせられたのだろうか。次世代の種子は残せたのだろうか。僕が丹精込めてこの花壇を手入れすれば、その答えを知ることができるかもしれない。

もっともそれは、結果が分かるまで僕が無事でいられれば、なのだけれど。

――変わるとも、当然じゃないか。

――人生が豊かになる。

蒔苗さんのあの言葉の意味を、僕はようやく理解できたように思う。

善行は善意に優越する、その持論を変えるつもりはない。だけど、善意なき行動や、善意を軽んじる生き方は、その先に〝可能性〟がない。行動を通じて、他者の生きざまや思いの丈、矜持を想像する余地がない。どんな行動も単なるひとつの事象として処理され、そこで打ち止めだ。

そんな世界はきっと味気ないし、つまらない。都合のいい想像だろうと、聞き飽きた道徳論だろうと、自分以外の人生に想いを巡らせながら生きる方がずっといい。

――自分のことは自分で思うほど理解できていないものなのだよ、羽斗くん。

それなのに。そんな当たり前のことに、やっと気付けたと思ったのに。

僕が最も想いを馳せたかった人は、もうこの世にいない。

――私のことを誰よりも知っている君なら、きっとこの土壇場からも正解を導き出せるさ。

蒔苗さんから託された小瓶を、懐から取り出す。

黒々とした腫瘍と細長い繊維物質が、琥珀色の溶液の中に漂っている。一緒にラミネートに封じられた紙切れには、最後の質問ゲームの答えが記されているそうだが、折り畳まれていて瓶の外からではどうやっても中身を知ることができない。

瓶を開けなければ答えを見られない。しかし、開ければ検体は劣化し、蒔苗さんの唯一の形見が失われてしまう。

——君なら必ず、正しい選択ができると信じているよ。

最期の言葉と同時に脳裏に蘇ったのは、最初に出会った時のこと。

僕が落としたガーベラを迷いなく口に運ぶ、あの姿。

小瓶のコルクを開ける。心なしか甘い香りが、僕の鼻孔をくすぐる。慎重に傾け、まずはドロドロの溶液にまみれたラミネート紙を救い出す。

小瓶に残されたものは、ドス黒い腫瘍と繊維状のセルロース、そしてそれらを浸す溶液だけ。かつて蒔苗さんの体内にあったそれを、僕は神妙な気持ちで眇め見る。

蒔苗さんの検体って、どんな味がするんだろう。これが体に入ったら、僕も同じ病気に罹るのかな。この保存液って飲んでも大丈夫なんだろうか。

抵抗を感じたのは、一瞬だった。

僕は小瓶を持ち上げ、瓶の中身を一気に口の中に流し込んだ。

無意識に息を詰め、味を感じる間もなく飲み下す。喉に粘つく感触に噎せ返りそうになるが、口中の唾液を絞り出して無理やり押し込める。

蒔苗さんの一部を僕の体に宿す、これが正しい選択だ。蒔苗さんの形見を失わず、中の回答を見るには、これしかない。どんな結果になろうと後悔はない、蒔苗さんと同じ病を抱えることになるなら本望だ。

記憶の中の蒔苗さんが、僕の奇行に慌てふためく様を幻視して痛快な気分になる。

あの聡明な女王様も、いや聡明であればこそ、こんな僕の行動は想定外に違いない。

安易に検体を渡してしまったことは、蒔苗さんの最期の誤りであり、そして同時に僕が蒔苗さんの想像を超える初めての――

と、僕はそこでようやく違和感に気付いた。極度の緊張で止めていた呼吸を再開したことで、小瓶の中身の味がようやく感じられるようになったからだ。

血の味も、化学薬品の味もしない、それどころか鼻を抜けるこの香りは――

「……甘い？」

錯覚かと思い、瓶の内側を指で掬《すく》って舐めてみた。やはり甘い。どう考えてもホルマリンやそれに類する化学薬品の味ではない。琥珀色で粘度が高く、独特ながら親しみ深い甘みを内包している……

これ、まさか、蜂蜜？

瓶の底には黒い物体がまだひとつだけへばりついている。

手のひらに転がし、球状のそれを半分だけ齧る。

蜂蜜の甘さの奥に血生臭さはなく、むしろ絶妙にマッチした酸味が感じられる。

まるでブルーベリーやカシスといった木の実のような。

呆然と、僕は指で摘まんだ残り半分を見下ろす。赤紫色の汁が滴る断面を見れば、もはや疑う余地はない。よくよく考えてみれば、蒔苗さんは一度もこの瓶の中身を、自分の検体だとは言っていなかった気がする。

つまり、僕は……ただの蜂蜜漬けの木の実を、蒔苗さんの形見だと思い込んで、あんなに深刻に悩んでいたのか？

途端、僕の中に溢れた様々な感情。疑問、当惑、羞恥、苛立ち……そして、僕はとうとう堪え切れずに噴き出してしまった。

蒔苗さんは、僕のこの行動すらも織り込み済みだった。死して尚、僕は蒔苗さんに一杯食わされてしまったわけだ。まさに書いて字の如く。繊維状のセルロースのように見えたものも、恐らくは春雨か何かだったのだろう。

笑いの波が落ち着く頃――僕はようやく、涙が頬を伝っていることに気付いた。号泣する蒔苗さんを見た時も、蒔苗さんが死んだと知った時も泣かなかったのに、今さらになってこんな風に泣くことになるなんて、自分でも驚きだ。

しかしそれは、悲しみや寂しさではなく、もっと別の感情に基づいたものだった。

結局僕は最期まで、最期のその先でさえ敵《かな》わなかった。無力な僕は、あの女王様の慈悲によって守られるだけの存在に過ぎなかった。まるで蒔苗さんとのゲームに敗北した時のような、それは〝悔しさ〟だった。

けれど……手の届かない存在で居続けてくれたことに、感謝している自分もいる。

このままでは終われない。このまま僕が命を落とし、仮に死後の世界で蒔苗さんと再会できたって、とても対等の存在になんかなれやしない。

蒔苗さんが全てを賭して僕に味わわせた〝悔しさ〟は、僕にとって〝生きる糧〟と同義だった。

目指す頂が在ればこそ、尊敬できる人が居ればこそ、僕はこれからも頑張れる。あの誇り高き女王は、きっと死ぬまで僕の魂に君臨し続けてくれることだろう。

袖で目元を拭い、僕は手元に残ったラミネートに視線を落とす。

蜂蜜にまみれたそれをハサミで破り、中の紙切れを取り出す。

折りたたまれたそれを開けば、僕と蒔苗さんのゲームは完全な終わりを迎える。

今さら惜しむ気持ちは毛頭ない。誤って破かないよう、両手で慎重に紙を開く。

そこには、手のひらに満たない小さな紙でさえ持て余すほどの、ほんの短い文章しか記されていなかったけれど。

世界でたったひとりだけに宛てられた言葉と、偽りない想いを、僕は心行くまで噛み締めていた。

『お見事、正しい選択をしたな。君の幸せを、私は世界中の誰より祈っているよ』

あとがき

大多数の例に漏れず、中高生の時分はひねくれた面倒な子供だったと記憶しています。今でも割とそんな感じですが。

自主性を尊重したいのか問答無用で従わせたいのか分からない大人に、いまひとつ合理性を見いだせない社会システム。紙面やテレビには毎日のように下らない犯罪のニュースが流れてくるのに、世間一般の道徳観や流行《はや》りの音楽は、そんな世の中で生きていくことを素晴らしいことだと説いてくる。子供の目線ではこの社会が今以上に歪なものに見えていましたし、ここに適合して何十年と世渡りする自信はまるでありませんでした。

私は家庭や学校生活に間違いなく恵まれた側であり、積極的に死にたいと思ったこともさほどありませんでしたが、何となく二十歳を過ぎたら死ぬような気がしていましたし、それならそれで構わないとも思っていました。そんな奴が何だかんだで三十年も生き延びているのでつくづく私の勘はよく外れるものです。

私は他人と喧嘩したり軋轢《あつれき》を生んだりすることが苦手です（得意な人は珍しいと

思いますが）。中学まではサッカーをやっていましたが、チームメイトの喧嘩が嫌で高校では個人技のテニス部に入りましたし、作家になったのも恐らく似たような理由が含まれていると思います。一人で片付く問題はできるだけ一人で片付けてしまいたいし、意見の相違があっても、こちらが妥協して済む話であれば極力相手の意見に合わせてしまいがちです。

『有坂羽斗《ありさかはと》』という少年は、私のそういう良くない部分を切り取って生み出したキャラクターです。抑圧と反感の狭間で正しい感情の吐き出し方が分からなくなり、遂《つい》には取り返しの付かない事件を起こしてしまう――これは恐らく、今日もニュースで取り沙汰される『下らない犯罪を起こす人間』の心理の一端であり、同時に私がほんのわずかな違いで歩み得たバッドエンドだったと思っています。

ある程度の歩み寄りは必要ですが、ただ妥協と迎合《げいごう》を繰り返すばかりだと次第に自分の人生に対して投げやりになり、やがてふと頭をよぎった『正しくないこと』に簡単に手を染めてしまうようになるのです。幸いにして私は環境と運に恵まれ、そのような選択をすることはありませんでしたが、振り返ると危ない局面は何度もあったように思います。しょぼい悪事のニュースを唾棄《だき》していたはずの人間でさえ、そうなってしまうのです。

『園生蒔苗《そのおまきな》』という女性は、そんな精神性への反省と成長を促す役割として生まれました。諦観と惰性で生きる羽斗に、ゲームを通して〝正しい選択〟をできるよう道を示す。もし中高生時代、こういう大人に出会えていたらもうちょっと気楽に生きられたのかな……と空想しながら、羽斗と同じような生きにくさを感じている人に届いてくれることを願い、私はこの作品を書き上げました。

本書をお楽しみ頂けたのであれば、また少しでもそのような方にとっての寄る辺《よるべ》になれたのであれば、それは私にとって望外の喜びです。

以下、謝辞を。

イラストレーターのRe。様。カバーデザインの西村弘美《にしむらひろみ》様。素敵な表紙に仕上げて頂き、誠にありがとうございました。お二方のお力により、本作の魅力が大きく増大したと思っております。

本書の刊行にあたりお力添え頂いた出版社の皆様。たくさん構って頂いている作家仲間の皆様。応援してくださる読者様、家族、友人。そして医療・物流・行政・インフラなどでこの社会を支えて下さっている皆様。何か一つでも嚙み合わせが違っていたら、この作品はこの世に出ていなかったと思います。

この本が世の中に広く羽ばたいてくれることを祈って。

本書に関わった全ての方が、いつかの未来で〝正しい選択〟をできますように。

二〇二三年一月

こがらし輪音《わおん》

本書は書き下ろしです。

本作品はフィクションです。実在の個人、団体とは一切関係ありません。（編集部）

実業之日本社文庫　最新刊

荒崎一海
闇を斬る　龍尾一閃
ひとたび刀を抜けば、生か死か、それしかない――。国元をひそかに脱し、妻と江戸の裏店で暮らす武士の矜持を端正な筆致で描く、長編時代小説。
あ281

泉ゆたか
春告げ桜　眠り医者ぐっすり庵
桜の宴の目玉イベントは京とお江戸のお茶対決!? 江戸郊外の高級料亭で奉公修業を始めることになった藍は店を盛り上げる宴の催しを考えるよう命じられて…。
い173

風野真知雄
月の光のために　大奥同心・村雨広の純心　新装版
大奥に渦巻く陰謀を剣豪同心が秘剣で斬る――新井白石の家臣・村雨広は、剣の腕を見込まれ大奥の警護役に。紀州藩主・徳川吉宗の黒い陰謀が襲い掛かる…！
か110

草凪優
初情《はつじょう》
わたしはね、特別にいやらしいの――発情してて何が悪いの？ 名門大学の極悪サークルで、罠にはまった女の復讐と復活。官能エンターテインメントの傑作！
く611

こがらし輪音
さよなら、無慈悲な僕の女王。
謎の奇病に冒された若き女性と、彼女に恋し彼女との限られた時間を過ごす中で、生きる意味を知る青年。ふたりの切ない愛と絆に号泣必至のラブストーリー。
こ81

下村敦史
ヴィクトリアン・ホテル
百年の歴史にいったん幕を下ろす高級ホテル。最後の一夜に交錯する善意と悪意に一気読み&二度読み必至の、エンターテインメントを極めたミステリー！
し101

辻真先
赤い鳥、死んだ。
「平成の北原白秋」と称される詩人が急逝。警察は自殺と推定するが、兄は殺されたと疑う年の離れた弟が真相解明に乗り出し……（解説・阿津川辰海）
つ53

西村健
バスへ誘《いざな》う男
路線バス旅のコーディネイターを始めた「私」は、客の依頼を受けて「小さな旅」をする中で「小さな謎」に出合う――人気シリーズ第二弾。（解説・西上心太）
に72

南英男
禁断捜査
報道記者殺人事件を追え――警視庁捜査一課長直属の特務捜査員として、凶悪犯罪を単独で捜査する村瀬翔平。アウトロー刑事があぶりだす迷宮の真相とは!?
み728

実業之日本社文庫 こ81

さよなら、無《む》慈《じ》悲《ひ》な僕《ぼく》の女《じょ》王《おう》。

2023年2月15日　初版第1刷発行

著　者　こがらし輪音《わおん》

発行者　岩野裕一
発行所　株式会社実業之日本社
〒107-0062　東京都港区南青山5-4-30
emergence aoyama complex 3F
電話［編集］03(6809)0473［販売］03(6809)0495
ホームページ　https://www.j-n.co.jp/
ＤＴＰ　ラッシュ
印刷所　大日本印刷株式会社
製本所　大日本印刷株式会社

フォーマットデザイン　鈴木正道（Suzuki Design）

ISBN978-4-408-55787-8（第二文芸）